www.ingramcontent.com/pod-product-compliance
Lightning Source LLC
LaVergne TN
LVHW050947051026
849532LV00005B/1739
9789369081295

موم بتی کے سامنے

(جنگی ایام کا روزنامچہ)

حجاب امتیاز علی

© Hijab Imtiyaz Ali
Mom-batti ke saamne *(A war diary)*
by: Hijab Imtiyaz Ali
Edition: February '2025
Publisher :
Taemeer Publications LLC (Michigan, USA / Hyderabad, India)

ISBN 978-93-6908-129-5

کتاب	:	**موم بتی کے سامنے** (روزنامچہ)
مصنفہ	:	**حجاب امتیاز علی**
صنف	:	روزنامچہ
ناشر	:	تعمیر پبلی کیشنز (حیدر آباد، انڈیا)
سالِ اشاعت	:	۲۰۲۵ء
صفحات	:	۸۰
سرورق ڈیزائن	:	تعمیر ویب ڈیزائن

دیباچہ

۱۹۶۵ء کی جنگِ ہندو پاکستان کے زمانے میں ہر روز رات کو بلیک آؤٹ کی جملہ ہدایات پر عمل پیرا ہونے کے باعث حجاب کے لئے اس کے سوا چارہ نہ تھا کہ اپنی دیرینہ عادت کے مطابق سونے سے پہلے اپنا روزنامچہ لکھیں تو موم بتی روشن کریں۔ اس مجبوری نے جنگ کے سترہ دِنوں کے اس روزنامچے کو 'موم بتی کے سامنے' کا بہت موزوں، دلچسپ اور لطیف نام بخش دیا۔

بلیک آؤٹ کی اندھیری راتوں میں جب سائرن کئی کئی بار دشمن کے ہوائی جہازوں کی آمد کی اطلاع پہنچاتے رہتے تھے کسی خاتون کا موم بتی کے سامنے بیٹھ کر باقاعدگی سے اپنا روزنامچہ لکھتے رہنا بڑی ہمت اور حوصلے کا کام تھا۔ یہ روزنامچہ ہر روز لکھا میرے سامنے جاتا تھا لیکن اسے پڑھنے کا موقع مجھے کبھی نہ مِلا تھا۔

جنگ ختم ہونے کے بعد مدیرِ 'نقوش' نے حجاب کو خط میں لکھا کہ ہندوستان کے جو

ادیب ان کے رسالے کے قلمی معاون تھے ان کے لئے جنگ کے بعد 'نقوش' سے کم ازکم کچھ عرصے کے لئے قلمی اعانت کرنی چاہیئے۔ مدیر 'نقوش' کو مضمون کی جلد ضرورت تھی چنانچہ حجاب کو ان کی فرمائش مقرّرہ وقت میں پوری کرنے کا خیال آیا کہ کیوں نہ اپنا جنگ کے دنوں کا روزنامچہ 'نقوش' کے لئے بھیج دیں۔

اِسے نقل کر کے انھوں نے مجھے پڑھنے کے لئے دیا تو مجھے اس درجہ دلچسپ معلوم ہوا کہ میں اسے ختم کیئے بغیر کسی طرح ہاتھ سے نہ رکھ سکا۔ اس روزنامچہ کی بے ساختگی اور روانی میں حجاب کے البیلے انداز نے ایسی دلآویزی اور گرفت پیدا کردی ہے کہ جو بھی اسے پڑھے گا میری اس رائے سے اِتفاق کرے گا۔ اس کتاب کی طباعت کے بعض مراحل میں رسائل میں چھپا ہوا روزنامچہ جب بھی میری نظر سے گزرا میں پھر اسے پڑھتا چلا گیا اور ختم کرنے سے پہلے اپنی کسی دوسری مصروفیت کی طرف توجہ نہ کر سکا۔ اس روزنامچے کے متعلق اسی رائے کا اظہار ان خواتین و حضرات نے خطوط میں اور زبانی کیا جنھوں نے یہ روزنامچہ 'نقوش' میں پڑھا۔

اُردو کے آخری زبان دان ادیب جناب شاہد احمد دہلوی مرحوم مدیر 'ساقی' کو یہ روزنامچہ اس درجہ پسند آیا کہ جب انھوں نے 'ساقی' کا جنگ نمبر مرتب کیا تو باوجود اس امر کے یہ روزنامچہ 'نقوش' میں شائع ہو چکا تھا اپنے جنگ نمبر میں شامل کرنے کی اجازت حجاب سے مانگی۔ 'ساقی' کے ایڈیٹوریل میں، جسے وہ نگاہِ اوّلین کے نام سے لکھا کرتے تھے، انھوں نے اس روزنامچے کے متعلق تحریر فرمایا:

> "محترمہ حجاب امتیاز علی صاحبہ نے جنگ کے زمانے میں جو روزنامچہ لکھا تھا اس میں لاہور کی پوری روداد دلچسپ پیرائے میں آگئی ہے۔ ان کے منفرد اندازِ بیان نے اِس روداد میں افسانوی دلکشی پیدا کردی ہے۔ یہ روزنامچہ روزانہ رات کو موم بتّی کی روشنی میں لکھا گیا ہے مکمل بلیک آؤٹ میں جب

دشمن کے طیارے بمباری کے لئے سر پر منڈلاتے رہے ہوں مستقل مزاجی سے کوئی یادگار چیز لکھ لینا بڑی دلیری کا کارنامہ ہے"

ادارہ آئینۂ ادب کے مہتمم جناب عبدالسّلام صاحب نے اِس روزنامچے کو پڑھا تو مصنّفہ کو توجّہ دلائی کہ ۱۹۶۵ کی ہندو پاکستان کی جنگ کے متعلق جو اُدب پیدا ہوا، اس میں یہ روزنامچہ کئی اعتبار سے ایک تو اہم دستاویزی مقام رکھتا ہے دوسرے اس لحاظ سے بھی وقیع ہے کہ اصنافِ ادب میں سے روزنامچہ کی صنف اردو میں نہ ہونے کے برابر ہے۔ چنانچہ اسے کتابی صورت میں شائع ہو کر جنگ کے یادگار اَدب میں شامل اور محفوظ ہو جانا چاہیئے تاکہ اس کا تذکرہ سُن کر پڑھنے والوں کو اسے حاصل کرنے کے لئے رسائل کے جنگ نمبروں کی تلاش نہ کرنی پڑے۔

مجھے اُمید ہے جنگ کے سترہ دنوں کے روزنامچے کی یہ کتاب پاکستانی ادب اُردو میں ایک قابلِ قدر اضافہ ہوگی اور میری طرح تمام قارئین اسے ذوق وشوق سے پڑھ کر اس سے محظوظ ہوں گے۔

سیّد امتیاز علی تاجؔ

۱۵۔ ستمبر ۶۷ء

میرے عزیز ہم وطنو!

اللہ تعالیٰ کی ذات پر بھروسہ رکھتے ہوئے ہم دشمن کی ان توپوں کو خاموش کر چکے ہیں جنہوں نے ہمارے وطن پر آگ برسانے کی جسارت کی تھی۔ آج ہر پاکستانی گھر میں قومی خدمت اور جوش و خروش کی شمع روشن ہے۔ اس کی روشنی سے وہ راستے جگمگا اٹھے ہیں جن پر پاکستانی عوام فرض کی پکار پر لبیک کہتے ہوئے آگے بڑھنے کو تیار ہیں۔ اللہ تعالیٰ نے اپنے فضل و کرم سے ہمیں دشمن کا مقابلہ کرنے کے لئے ایمان و اتحاد کی طاقتوں سے سرفراز کیا۔

اسی ایمان اور اتحاد نے ہماری زندگی کو ایک نئی روح عطا کی ہے۔ جس جدوجہد کا ہمیں سامنا کرنا ہے وہ ایک طویل جدوجہد ہے لیکن اللہ کی طرف سے آپ کو جو قوتِ ایمانی ملی ہوئی ہے وہی آپ کو اس جدوجہد میں کامیاب و بامراد بنانے کے لئے ہر طرح کافی ہے۔ اللہ تعالیٰ آپ کا حامی و ناصر ہو۔ آمین۔!

پاکستان پائندہ باد

(فیلڈ مارشل) محمد ایوب خاں صدر پاکستان

۱

۶ ستمبر ۶۵ء

یہ ۶ ستمبر کی ناقابلِ فراموش رات ہے۔

میں موم بتی کے سامنے بیٹھی اپنا روزنامچہ لکھ رہی ہوں۔ سونے سے پہلے رات کے سناٹے میں میں ہر روز ہی اپنے دن بھر کے تاثرات لکھا کرتی ہوں مگر آج میری ذہنی کیفیات مختلف ہیں۔ آج کا دن میرے وطن کی تاریخ اور ہم پاکستانیوں کی زندگی میں یاد رہے گا۔

پاکستان اور بھارت میں آج علی الصبح جنگ اچانک چھڑ گئی۔ ہم پاکستانی عوام نصف دن گزرنے تک بھارت کے اس اچانک حملے سے بے خبر رہے۔ ہرچند کہ جنگ کا خطرہ مسئلہ کشمیر کی وجہ سے دونوں ملکوں کو آج سے سترہ سال سے تھا۔ مگر ساری دنیا کا اور ہمارا اپنا خیال تھا کہ یہ جنگ اگر چھڑی تو دونوں ملکوں کی طرف سے باقاعدہ اعلانِ جنگ کے بعد چھڑے گی۔ لیکن بین الاقوامی اصول کے خلاف بھارتی فوج آج پچھلے پہر کے اندھیرے

میں اپنے بھاری توپ خانے، سینکڑوں ٹینک اور بہت سے لڑاکا طیاروں کو لے کر ہماری مقدس سرحدوں میں چوروں کی طرح دبے پیروں اچانک گھس آئی۔ یہ حملہ اس نے لاہور پر بیک وقت تین طرف سے کیا اور اس کی فوجیں واہگہ، جسّر اور بیدیاں کے پاکستانی علاقوں میں داخل ہوگئیں۔ بھارت کی یہ غیر اصولی حرکت ساری اصول پرست دنیا میں معیوب سمجھی جائے گی مگر بھارت کو یاد رکھنا چاہیئے کہ پاکستان شیروں کا ملک ہے۔ مغربی پاکستان ہو یا مشرقی پاکستان، یہاں شیر بستے ہیں۔ چنانچہ پاکستان کی بّری اور فضائی فوجیں چشم زدن میں تیار ہوگئیں اور موقع پر پہنچ کر دشمن کی لاتعداد فوجوں کو اپنی قومی روایات اور ذاتی شجاعت اور جذبے کے تحت پیچھے دھکیل دیا اور اب دندناتی ہوئی آگے بڑھ رہی ہیں۔ اس بے اعلان کی جنگ میں آج پچھلے پہر کے اندھیرے میں جس بے جگری اور خود اعتمادی سے اپنے مٹھی بھر بہادروں نے دشمن کی اتنی بڑی فوج کو بھگا کر اپنی سرحدوں کی حفاظت کی ہے اس کی مثال اگر مل سکتی ہے تو تاریخِ اسلام ہی میں مل سکے گی۔ حالانکہ ہماری فوجوں کے لئے اپنے ملک کی خاطر لڑنے کا یہ پہلا موقع ہے مگر پاکستانی سپاہیوں کے اس بے نظیر کارنامے سے قرونِ اولیٰ کے بہادر مسلمانوں کی یاد تازہ ہوگئی ہے ؎

یہ سرحدوں ہی پہ دشمن کو روک دیتے ہیں
نظر اُٹھا کے بھی دیکھے تو ٹوک دیتے ہیں

اور اس کا تجربہ اسی دن لاہور والوں نے کر لیا۔

کل کی رات پاکستانی ستمبر کی ایک نہایت ہی پُرسکون اور خوشگوار رات تھی۔ ہم سب پائیں باغ کی برساتی کی چھت پر ستمبر کے تاروں بھرے آسمان کے نیچے سو رہے تھے۔ نیچے باغ سے گلاب اور رات کی رانی کی ہوشربا لپٹیں اوپر پہنچ رہی تھیں۔ باغ کے احاطے میں موٹر گراج کے آگے ملازمین کی چارپائیاں بچھی ہوئی تھیں۔ ساری فضا

پر امن کا سایہ تھا اور سارے ملک میں امن! مگر پچھلے پہر کے وقت کوئی ۴ بجے تھے کہ یاسمین نے دفعتاً مجھے آواز دی "اٹھیے اٹھیے، نہ جانے کیا بات ہے کہ نیچے باغ میں نوکر غل مچا رہے ہیں اور سڑک پر پولیس کے سپاہی غل مچا رہے ہیں کہ ساری روشنیاں فوراً گل کر دیجیے، خطرہ ہے"۔ میری کوٹھی سے ملی ہوئی کوٹھی صوبائی وزیر خزانہ مسعود صادق صاحب کی ہے، ان کے بندوقچی نے بھی چلانا شروع کر دیا "روشنی بجھائیے خطرہ ہے"! اس فقرے کا مطلب میں بالکل نہ سمجھ سکی کہ روشنیاں آخر کیوں بجھائی جا رہی ہیں اور خطرہ کس نوعیت کا ہے. کیا نوکروں نے کوئی خواب پریشاں دیکھا ہے؟ لیکن ان کے اس خواب پریشاں کی تعبیر ہمیں دن کے گیارہ بجے تک نہ معلوم ہو سکی۔ کیونکہ اس وقت تک زندہ دلانِ لاہور زندگی کی دلچسپیوں میں اپنی روایتی شہرت کے مطابق مگن تھے۔

تھوڑی دیر بعد آفتاب نکل آیا اور آج کا دن شروع ہو گیا اور ہماری بے خبری میں پاکستان کی آئندہ تاریخ نے اپنا ایک خونی ورق الٹا۔ آج دن کے گیارہ بجے کے ہوائی جہاز سے امتیاز کو براڈکاسٹنگ کمیٹی کی دوسری میٹنگ کے لئے کراچی پرواز کرنا تھا۔ ان کی سیٹ بک تھی۔ اسباب باندھا جا رہا تھا کہ دارالاشاعت پنجاب کے منیجر حفیظ قریشی صاحب پہنچے اور انھوں نے اطلاع دی کہ بھارت کی فوجوں نے لاہور پر راتوں رات حملہ کر دیا ہے۔ باوجود ان کے اصرار کے ان کی بات پر کسی کو یقین نہ آیا اور سامان بندھتا رہا۔ سامان پیک کر کے کار میں رکھوایا اور ہوائی اڈے کی طرف روانہ ہونے کی نیت سے ہم کار میں بیٹھ ہی رہے تھے کہ چشم زدن میں دو طیارے نیچی پرواز کرتے ہوئے ہمارے سروں پر آپہنچے اور ہم ان کی پرواز کو متحیر ہو کر دیکھ ہی رہے تھے کہ دو فلک شگاف دھماکوں کی آواز ہوا میں گونجی۔ کچھ سمجھ میں نہیں آسکا کہ یہ جہاز کس کے ہیں اور یہ جو دھماکے سنائی دیئے یہ انھوں نے بم گرائے یا ان پر طیارہ شکن توپوں نے کہیں سے وار کیا ہے بعد میں معلوم ہوا کہ یہ ہمارے اپنے جہاز تھے۔ اور انھوں نے رفتار کی حدود توڑی تھیں جن سے یہ

دھماکے سُنائی دیئے۔ بہرحال اسباب کار میں لد چکا تھا۔ ہوائی اڈے کو جاتے ہوئے راستے میں آرٹ کونسل میں تھوڑی دیر کو اُتر گئے تاکہ صورتِ حال معلوم کی جائے۔ وہاں کار سے اُترتے ہی مجھے کرسند باد کمپنی کے ایک رُکن نے بڑھ کر امتیاز سے کہا کہ مسافر ٹرینوں اور ہوائی جہازوں کی آمد و رفت رُک گئی ہے، آج آپ نہیں جاسکتے معلوم ہوا ہے مُلک میں جنگ چھڑ گئی ہے۔

اس وقت دس بج رہے تھے۔ آرٹ کونسل کے وسیع لان میں سرحدی پولیس کے جوان ہاتھوں میں چمکتے ہوئے خنجر لئے اپنے ملک میں چھڑنے والی جنگ سے بے خبر خٹک ناچ کی مشق کر رہے تھے نعیم طاہر دس ستمبر کو لندن کے کامن ولتھ فیسٹول میں پاکستانی ثقافت کا یہ وفد لے جارہے ہیں۔ دھوپ میں خنجر چمک رہے تھے اور فضا میں طیارے اُتر رہے تھے۔ ہم سب بے یقینی اور سراسیگی کی کیفیت میں ادھر ادھر پھر رہے تھے کہ معلوم ہوا صدر ایوب ریڈیو پر قوم سے خطاب کرنے والے ہیں۔ آرٹ کونسل میں اندر باہر کئی ریڈیو تھے۔ لوگ چیونٹیوں کی طرح ریڈیو سیٹوں کے گرد جمع ہوگئے۔ چند ہی منٹوں میں صدر ایوب کی آواز گونجی "میرے عزیز ہم وطنو! دس کروڑ پاکستانی عوام کی آزمائش کا وقت آگیا ہے۔ بھارتی فوج نے آج علی الصبح مملکت پاکستان کی حدود میں لاہور پر حملہ کردیا ہے" اب کہیں جاکر ہم سب کو اصلی صورتِ حال یقینی طور پر معلوم ہوئی۔ سب گہری سوچ میں مستغرق کھڑے تھے۔ عورتیں بھی تھیں، مرد بھی، ہر قسم کے فن کار بھی اور آرٹ کونسل کے کارکن بھی۔ مگر کسی کے چہرے پر ہراس تھا نہ خوف۔ سب کے چہروں پر غصہ تھا اور دشمن پر پل پڑنے کے لئے آمادگی۔ میرے دل نے کہا پاکستانی قوم زندہ باد!

لوگ غصے میں بھرے ہوئے تھے اور بھارت کی اس بزدلانہ حرکت پر لعنت بھیج رہے تھے۔ میں اسی مجمع میں گم صُم کھڑی سوچ رہی تھی کہ امن اور جنگ میں قدم بھر کا فاصلہ ہوتا ہے۔ جنگ و امن کے فاصلے بالکل وہی ہیں جو نفرت و محبت کے ہیں۔ میرے سامنے شاہ بلوط کا ایک بوڑھا درخت انسانوں کے جنگ و امن کے مسائل سے بالکل بے تعلق

مطمئن کھڑا تھا، میں سوچ رہی تھی ـــــ جانے کیا سوچ رہی تھی ـــــ ہاں یہ سوچ رہی تھی ابھی کل ہی کی حسین شام تو یہاں پاکستان کے بین الاقوامی شہرت یافتہ مصور صادقین کی تصویروں کی نمائش تھی اور وہ امن کا لمحہ تھا اور آج ؟

صادقین موجود تھے میں نے مُڑ کر اُن سے کہا "شاید بمباری ہو، اپنی تصویریں نمائش گاہ کی دیواروں پر سے اُتار کر مختلف کمروں میں بکھیر دیجئے۔" صادقین کا جواب مجھے یاد رہے گا۔ کہنے لگے "ملک قائم ہے تو اور تصویریں کھینچ لوں گا۔ اس وقت مجھے اپنی تصویروں کا ذرا بھی فکر نہیں۔" وہ مستقلاً پیرس میں رہتے ہیں مگر مادرِ وطن کے تحفظ کے بغیر وہ اپنے آپ کو غیر محفوظ اور نامکمل سمجھ رہے تھے۔

اس وقت سارے ملک میں مکمل بلیک آؤٹ ہے۔ ابھی ابھی میں اُوپر کی منزل میں گئی تاکہ سڑکوں کا نظارہ کروں اور اگر کہیں روشنی کی لَو بھی نظر آجائے تو فون کر کے اُسے بجھوا دوں مگر کسی پاکستانی گھر کی کسی کھڑکی میں سے بھی روشنی کی کوئی لَو نظر نہیں آئی بچے بچے کو گھنٹوں میں اس بات کا احساس ہوگیا ہے کہ جب اپنے ملک اور اپنے شہر میں جنگ چھڑ جائے تو اس کے کیا آداب و احکام ہوتے ہیں۔

اس وقت رات کا ایک بج چکا ہے۔ واہگہ کی سرحد کی طرف سے توپوں اور گولوں کے دھماکے جو دن میں مدھم تھے اب بہت اونچے ہو گئے ہیں۔ توپیں مسلسل چل رہی ہیں۔ ان کی روشنی سے شمال مشرق کا نصف آسمان دمک اُٹھتا ہے۔ ابھی تو پہلی رات ہے۔ الف لیلہ کی نہیں، جنگ کی!

آج دن میں دو مرتبہ بمباری ہوتے ہوتے رہ گئی۔ میری موم بتی پگھل چکی ہے اور یہ آخری سطریں اندازاً ہی لکھ رہی ہوں۔ ممکن ہے کہ میں اپنا روزنامچہ ختم بھی نہ کر پاؤں اور بم آکر گرے اور ہماری ساری موجود اشیاء نابود ہو جائیں۔ نہ جانے آج کی رات کیسی گزرے اور کل صبح آفتاب کے چہرے کا رنگ کیا ہو ؏

زندگی ہے تو خزاں کے بھی گزر جائیں گے دن

۲

۷ ستمبر ۶۵ء

یہ سات ستمبر کی رات ہے۔

میں موم بتی کے آگے اپنا روزنامچہ لکھنے کے لئے بیٹھی ہوں۔ میرے محبوب وطن پر بھارت کے جارحانہ حملے کی دوسری رات ہے۔

بھارتی فوج نے کل دوپہر سے پہلے پاکستانی سرحدوں پر تین حملے کئے۔ اس کے جواب میں اس لاتعداد فوج کا بے پناہ مقابلہ ہماری شیر دل فضائیہ اور مٹھی بھر فوج نے اس طرح کیا کہ دشمن کے ۲۳ جیٹ طیارے، دس ٹینک اور بیسیوں گاڑیاں تباہ کر ڈالیں۔ آٹھ سو سے زیادہ بھارتی سپاہی ہلاک اور پانچ فوجی گرفتار ہوئے۔ آج خبر آئی ہے کہ ہماری فوجیں اب صف بستہ ہو گئی ہیں۔ ابھی تو روزِ اوّل ہے اور بھارتی فوجوں کا یہ حال ہے۔ سُنا ہے کہ ان کے سپہ سالار فوج جنرل چودھری کا دعویٰ تھا کہ پہلے حملے کے بعد چند ہی گھنٹوں میں لاہور فتح کر لیں گے اور پھر اپنے افسروں کی تواضع لاہور کے جیم خانہ کلب

میں جامِ رنگیں سے کریں گے۔ وہ جامِ رنگیں پہلے حملے کے چند ہی گھنٹوں بعد اب بھارتی سپاہیوں کے خون سے چھلک پڑا ہے اور جنرل چودھری لاہور جیم خانہ کلب میں شراب کے پیمانے ایک دوسرے سے کھنکھنانے کی بجائے سرحد کے اُس پار کھڑے کفِ افسوس مل رہے ہیں! یہ درست ہے کہ کسی بھی امن پرست اور امن پسند ادیب کو انسانی لہو کے بہنے پر اظہارِ مسرت نہیں کرنا چاہیئے۔ مگر یہاں مسرت کیسے ہو رہی ہے؟ رونا یہی ہے کہ بھارت نے امن و آشتی پر حملہ کر کے نہ صرف پاکستان کا امن ختم کیا بلکہ ممکن ہے آئندہ ساری دُنیا کا شیرازۂ امن غارت کر دے۔ ظلم کا جواب ظلم ہی سے دیا جاتا ہے اور کل صدر ایوب نے اپنی قوم کا مزاج جانتے ہوئے اپنی تقریر میں واضح طور پر کہہ دیا تھا کہ بھارتی حکمران نہیں جانتے کہ اُنھوں نے کس جری قوم کو چھیڑنے کی جسارت کی ہے؟ اپنے صدر کے ان الفاظ کو سُنتے ہی بھارتی فوجوں سے مقابلہ کرنے کے لئے لاہور کے ۱۸ لاکھ نہتے شہری کمربستہ ہو گئے اور توپوں کی گھن گرج کی آواز اور فضا میں بمبار طیاروں کے دھماکوں کے شور میں غصے سے بھرے ہوئے شیروں کی طرح لاہور کی سڑکوں، شاہراہوں اور گلیوں میں سینہ تانے دانت پیستے ہوئے نکل آئے۔ سب کی زبان پر ایک نعرہ تھا کہ اب ہمیں بھارت کو ایسا سبق سکھا دینا چاہیئے کہ وہ چوروں کی طرح ہماری مقدّس سرحدوں میں گھُس آنے کی جرأت پھر کبھی نہ کرے۔

آج دن کے دو گھنٹے ہوائی حملے کے خطرے اور اندیشے میں گزر گئے۔ ہم سب باغ میں گھاس پر بیٹھے رہے اور دشمن کے بمبار طیارے سروں پر فراٹے بھرتے گزرتے رہے۔ تھوڑی دیر میں ہم نے دیکھا کہ ہماری فضائیہ کے برق رفتار طیاروں نے ان کا تعاقب کرنا شروع کر دیا۔

آج ہمارے ہاں باغ کی دیوار سے ذرا پرے خندق کھُدنی شروع ہو گئی ہے۔ اس خندق کو کھُدتے ہوئے دیکھ کر مجھے برسوں پہلے کی جنگ کا ایک واقعہ یاد آنے لگا۔ یورپ

میں گھمسان کی جنگ ہو رہی تھی۔ اُس زمانے میں ہم جنوب بعید کے سب سے بڑے ساحلی شہر میں تھی۔ سارا شہر بمباری کے مقابلے کے لئے کیچڑ کے رنگ میں رنگا کھڑا تھا۔ بندرگاہ بھی نقلی بنادی گئی تھی۔ چڑیا گھر کے درندے بھی احتیاطاً نکال دیئے گئے تھے اور سارے شہر میں جگہ جگہ سڑکوں کے کنارے لمبی لمبی مضبوط پناہ گاہیں بنی ہوئی تھیں۔ جاپان کی طرف سے سنگاپور کے راستے ہر وقت بمباری کا خطرہ لگا رہتا تھا اور نصف دن ہوائی حملے کے منحوس سائرن سُنتے گزر جاتا تھا۔ ایک دفعہ میں کار میں جارہی تھی کہ سائرن بجا۔ مجھے کار سے اُتر کر پناہ گاہ میں آنا پڑا۔ وہ پناہ گاہیں برطانوی وضع کی بنی ہوئی تھیں۔ بالکل ٹنل کی طرح۔ جس میں مَیں داخل ہو رہی تھی وہ پناہ گیروں سے کھچا کھچ بھری ہوئی تھی۔ میرے ساتھ ہی ایک شخص اندر داخل ہونے کی کوشش کرنے لگا۔ پھر اچانک رُک گیا اور سر اُٹھا کر مجھ سے پوچھا: "آپ کی آنکھیں ہیں؟" میں نے کہا: "ہاں۔" اس پر وہ پیچھے ہٹ گیا اور مجھے اندر جانے دیا اور بولا: "پھر تو آپ اندر چلی جائیے، آپ کی آنکھیں ہیں میں اندھا ہوں، کسی کام کا نہیں ——!" لمحے بھر تو میں سمجھی نہیں مگر جب اس کا مطلب سمجھ میں آیا تو میری آنکھوں میں آنسو بھر آئے۔ میں نے ہاتھ بڑھا کر اسے اندر لے آنے کی کوشش کی مگر وہ جا چکا تھا۔

اس وقت گیارہ بج چکے ہیں۔ میری موم بتی کی لَو کم ہوتی جاتی ہے۔ میں نے ٹارچ روشن کر لیا ہے مگر اس کی بیٹری اتنی تیز ہے کہ مَیں نے اس کا رُخ دیوار کی طرف پھیر رکھا ہے کہ کسی روزن سے اس کی چمک باہر نہ جائے۔ رات خوفناک ہے۔ توپوں اور گولوں کی گھن گرج سے معلوم ہوتا ہے کہ سرحدوں پر جنگ کے دیو اپنی پوری قوت سے دست بگریباں ہیں۔ رات کو کھانے کے بعد بھی ہوائی حملے کا سائرن بجا تھا اور ہمیں بالاخانے کے زینے کے نیچے بیٹھ کر وقت کاٹنا پڑا۔ یاسمین کی طبیعت اچھی نہیں ہے۔ مَیں نے زینے کے نیچے ان کا بستر لگا دیا ہے اور وہ لیٹ گئی ہیں۔ کئی دوست اور رشتہ دار بھی شب باشی

کے لئے ہمارے ہاں آگئے ہیں اور ہم سب اندھیرے پائیں باغ میں ستمبر کے تاروں بھرے آسمان کے نیچے بیٹھے تمام وقت ٹرانسسٹر سے خبریں سُنتے رہتے ہیں اور چاند کی آمد کا انتظار کرتے ہیں۔ آدمی کو ہمیشہ روشنی کی تلاش رہتی ہے۔ روشنی، گرمی ـــــ اور گرمی محبت کی علامت ہوتی ہے۔

۳

۸ ستمبر ۶۵ء

یہ ۸ ستمبر کی رات ہے۔

میں موم بتی کے آگے اپنا روزنامچہ لکھنے بیٹھی ہوں۔میرے ملک میں یہ جنگ کی تیسری رات ہے۔

گزشتہ رات کئی دفعہ ہوائی حملوں کا سائرن بجا جس کی وجہ سے ہم سب کو تقریباً نصف رات پناہ گاہ میں گزارنی پڑی۔شب بیداری کی وجہ سے صبح کے وقت سب کی طبیعتیں بدمزہ تھیں۔

یاسمین آج صبح ہسپتال میں داخل کردی گئیں، اس وقت بھی سائرن بج رہا تھا۔ شام کو جب میں، امتیاز، خالہ معراج اور ننھا فاران یاسمین کو دیکھنے گئے تو ہسپتال میں مکمل بلیک آؤٹ تھا اور اندھیرے برآمدوں اور کمروں میں سفید کپڑے پہنے نرسیں کفن پوش لاشوں کی طرح نظر آرہی تھیں۔ یاسمین کو دیکھ کر اطمینان ہوا۔ وہ خوش اور تندرست تھیں۔

کمرے میں داخل ہوتے ہی اُنھوں نے ہماری فوجوں کے نئے کارناموں کے متعلق پوچھا۔ ہم نے جنگ کی تازہ خبریں سُنائیں مگر میری نظریں تمام وقت ہسپتال کے دریچوں اور دروازوں کے شیشوں پر لگیں رہیں۔ بمباری ہو تو ان شیشوں سے بچنے کی کیا ترکیب ہے؟ اس خیال سے میں رات بھر پریشان رہی۔

آج بھارتی بمبار طیاروں نے سرگودھا، کراچی اور راولپنڈی پر بمباری کی۔ اس کے علاوہ مشرقی پاکستان میں چاٹگام، جیسور، لال منیر ہاٹ اور رنگ پور کے شہری علاقوں پر بم گرائے۔ ان کی ساری بمباری نہتے شہریوں پر ہوئی حالانکہ ابھی ۴ ستمبر کی بات ہے کہ دہلی میں جناب شاستری نے اپنی لوک سبھا میں کہا تھا کہ ہم امن کے پرستار ہیں اور ہم ہمیشہ اس کے خواہاں رہیں گے۔ انسان کا حافظہ کتنا کمزور ہوتا ہے۔ دو دن کے اندر ان کی بمبار فضائیہ نے کئی شہری آبادیاں تہ و بالا کردیں کہیں وہ جنگ کو امن تو نہیں سمجھ رہے؟ اب تک ہمارا کوئی ہوائی اڈہ متاثر نہیں ہوا ہے۔ ہماری بہادر فضائیہ نے ایک دن میں دشمن کے تیس بمبار گرائے ہیں۔ اب تک دشمن کے ۵۳ جنگی طیارے تباہ کر دیئے گئے ہیں۔ حالانکہ آج جنگ کا تیسرا دن ہے۔ ہماری فوجوں کے جوہر کھُل رہے ہیں اور ان تین دنوں میں دُنیا کے اخبار عش عش کر اُٹھے ہیں۔ آج ہماری بری فوج کے جنرل اختر کو ان کی بے مثال شجاعت پر ہلالِ جرأت کا تمغہ ملا ہے۔ ہماری بری اور فضائی فوجوں کا ایک ایک سپاہی حیرت انگیز کارنامے انجام دے رہا ہے۔

اس وقت رات کے بھیانک اندھیرے میں ریڈیو بار بار اعلان کر رہا ہے "آج کی رات سونے کی نہیں۔ گھر میں جو بھی ہتھیار ہے اسے اپنے پاس رکھیئے۔ دشمن کی چھاتہ بردار جاسوسی فوج ہر جگہ اُتر رہی ہے اور جس وقت بھی کسی چھاتہ بردار جاسوس کو اُترتے دیکھیے اُس کا سر کُچل دیجیے۔" چھاتہ باز کا نام سُن کر اس وقت مجھے یاد آرہا ہے جب برسوں پہلے میں نے ہوا بازی کا 'اے' لائسنس لیا تھا اور اُونچی پرواز کر کے ناردرن انڈیا فلائنگ کلب

کا ریکارڈ توڑ دیا تھا تو اُس زمانے میں کلب نے مجھے پیراشوٹ کی تعلیم حاصل کرنے کو کہا تھا. مگر وہ برٹش حکومت کے دن تھے اور انگریز کسی دیسی کو پیراشوٹ کی تعلیم دینے کا مخالف تھا. تاہم اگر مجھے پیراشوٹ کی تعلیم اس وقت ملتی، تو نہ جانے اس وقت میرے خیالات کیا ہوتے ؟ چھاتہ باز جاسوس کا سر کچلنے کا اعلان بار بار ہو رہا ہے. گھر کے سارے ملازم ریڈیو کے گرد کھڑے تھے. اعلان سُنتے ہی وہ باورچی خانے اور کھانے کی میز کی چھریاں اور چھرے لے کر پھاٹک کی طرف چلے گئے ہیں. کچھ چھتوں پر چڑھ گئے ہیں۔ ایک نے آکر مجھ سے بندوق مانگی. مگر بندوق محمود شیرازی نے لے لی اور اوپر چھت پر چڑھ گئے. کوتر اس اعلان پر حسبِ معمول بے حد جذباتی ہو گئے اور محمود شیرازی کے ساتھ اوپر چلے گئے۔

خالہ معراج نے خاکساروں کی طرح ایک بیلن ہاتھ میں اُٹھا رکھی ہے. ان کا ارادہ اسی سے دشمن کا سر کچلنے کا ہے. کمروں میں جہنم کی سی تاریکی ہے. صرف ریڈیو کی ہلکی ہلکی روشنی ہے۔ امتیاز بیٹھے اعلانات سُن رہے ہیں۔ میرے سامنے موم بتی اور ہاتھ میں قلم ہے. ساری زندگی قلم پکڑے گزر گئی ہے۔ اِسی قلم نے امن کے دنوں میں بہاروں کی تصویر کشی کی ہے. بنی نوعِ انسان کی محبّت کی داستانیں لکھی ہیں. انسان سے انسان کے پیار اور امن و آشتی کی کہانیاں نقشِ قرطاس کی ہیں. کیا اب اسی قلم سے میدانِ جنگ کی دہشت خیزی اور خونریزی اور انسان کی انسان دشمنی کی خوفناک حقیقتیں لکھی جائیں گی ؟

ریڈیو کے اس خوفناک اعلان کو بار بار سُننے کے بعد ابھی ابھی میں اطراف کا جائزہ لینے اوپر چلی گئی تاکہ ممکن ہو تو دیکھوں کہ بھارتی جاسوس کس وضع کے ہوتے ہیں اور کس قسم کی چھتری سے کن آسمانوں سے نیچے اُترتے ہیں۔ میرے پیچھے پیچھے طاہرہ حمید بھی اپنا پالتو کتّا گود میں لئے اُوپر چلی آئیں۔ اُوپر کی کھلی ہوئی چھت پر جا کر اِدھر اُدھر دیکھا تو آدھی کلفت دُھل گئی۔ پاکستانی ستمبر کا حسین چاند گہرے سیاہ آسمانوں پر چمک رہا تھا. چاند کی خنک اور نیلی روشنی میں لاہور کا عظیم الشّان اندھیرا شہر عہدِ قدیم کے بغداد کی پُراسرار گلیوں

کی یاد تازہ کر رہا تھا جس میں خلیفہ ہارون رشید اپنے مشیر کے ساتھ تاریک سناٹے میں دبے پاؤں گھومتا اور اپنی رعایا کے حالات معلوم کیا کرتا تھا۔ وہ امن کا زمانہ تھا اور رومانیت کی پری پر پھیلائے سارے بغداد پر سایہ فگن تھی۔ یہ جنگ کا زمانہ ہے۔ حقیقت کا دیو اپنے پنجے اُٹھائے سارے لاہور کو دشمن جاسوسوں کا سر کچلنے کی تاکید کر رہا ہے۔

نہ جانے خون کا پیاسا انسان تھوڑی دیر کے لئے آسمان کی طرف سر اُٹھا کر نیلی جھیل میں کنول کی طرح کھلے ہوئے چاند کو کیوں نہیں دیکھتا اور سوچتا کہ زمین و آسمان کے درمیان جنگ و خون کے علاوہ بھی کئی حسین اور پُر امن چیزیں ایسی موجود ہیں جو اس کی جبلت کے لئے باعثِ تسکین بن سکتی ہیں مگر انسان کی اظہارِ جبلت کی راہیں نرالی ہوتی ہیں۔!

۴

۹ ستمبر ۶۵ء

یہ ۹ ستمبر کی رات ہے۔

میں اپنا روزنامچہ لکھنے موم بتی کے آگے بیٹھی ہوں۔ میرے وطن میں بھارت کی لائی ہوئی جنگ کی یہ چوتھی رات ہے۔ توپوں کی گھن گرج میں زیادتی ہے۔ آج بھارت کے بے ضمیر بمباروں نے بین الاقوامی قانون کے خلاف سیالکوٹ کے ہسپتال اور عدالتوں پر بمباری کی ہے۔ مریضوں کے ہسپتال پر بمباری کر کے بھارت نے اپنے بنیادی طفلانہ انتقام کا دُنیا پر مظاہرہ کیا ہے۔ یہ ٹھیک ہے کہ جنگ اور محبت میں سب کچھ جائز ہے مگر اس کے باوجود جنگ کے کچھ اصول ہوتے ہیں۔ ہسپتالوں کی چھتوں پر ہلالِ احمر کے سُرخ نشان بنے ہوتے ہیں کہ یہاں بم نہ گراؤ یہاں مریض رہتے ہیں۔

آج سیالکوٹ کے محاذ پر ہمارے شیر دل بہادروں نے دشمن کے ۲۵ ٹینک تباہ اور پانچ بھاری توپوں پر قبضہ کر کے وہاں کی سرحد پر بھارتی فوج کا حملہ پسپا کر دیا ہے۔

مزید براں ہمارے ماہرِ فن ہوا بازوں نے بھارتی فضائیہ کا پانچواں حصہ تباہ کر ڈالا۔ بہادر قومیں ظلم کا جواب ظلم سے لیکن جھوٹ کا جواب ہمیشہ سچ سے اور عمل سے دیتی ہیں۔ دشمن کی آرزو اور اس کا خواب تھا کہ وہ لاہور کو چند گھنٹوں میں فتح کرلے گا اور جب اسے پتہ چلا کہ وہ کس قوم سے دست بگریباں ہے، اور جب ہمارے صف شکن شیر دل سپاہیوں نے بڑھ کر ان کی بھاری فوج کے پرخچے اُڑا دیئے تو اس نے اپنی تمناؤں کو جھوٹ کے سانچے میں ڈھالنا شروع کر دیا اور ساری دُنیا میں اپنی جھوٹی فتوحات کا ڈھنڈورا پیٹ کر ذلت و تضحیک کا ہدف بن رہا ہے۔ ہمیں تو اپنی ملی مصروفیات میں بھارتی قوم کے حیرت انگیز جھوٹ پر اظہارِ حیرت کا وقت بھی نہیں ملتا۔ مگر ساری دُنیا تماشائی بنی اس کے جھوٹ کا مضحکہ اُڑا رہی ہے۔ چنانچہ بھارت کا ایک معرکۃ الآرا عالمی جھوٹ عالمی لطیفہ بن چکا ہے۔ اخبار ڈیلی ایکسپریس کے ایک کارٹونسٹ اُسبرٹ لنکسٹر (OSBERT LONCASTER) نے اس کے جھوٹ کی قلعی اپنی حالیہ مزاحیہ تصویر میں کھول کر رکھ دی ہے۔ اس پر تو پاکستانیوں کو بھی ہنسی آگئی۔ اس تصویر میں ایک انگریز دوسرے انگریز سے کہہ رہا ہے "! جہاں تک مجھے علم ہے پاکستان کے پاس تین سو لڑاکا طیارے ہیں مگر بھارت نے دعویٰ کیا ہے کہ ہم نے پاکستان کے ۴۸۰ لڑاکا طیارے تباہ کر ڈالے ہیں" مجھے معلوم ہے فلسفیوں کو ہنسی کم آتی ہے۔ مگر اس لطیفے پر مجھے خیال آتا ہے کہ نہ جانے عالمی امن کے علمبردار فلسفی برٹرینڈ رسل اور بھارت کے صدر فلسفی رادھا کرشنن کی حسِ ظرافت پر کیا گزری ہوگی — مگر اب تو ہندو قوم کے جھوٹ پر ہنسی نہیں غصہ آتا ہے۔ ابھی کل رات کی بات ہے جن پاکستانیوں کے قریبی رشتہ دار اور دوست یورپ میں ہیں ان کے ٹیلیفون آنے لگے، بھارتیوں نے وہاں جھوٹ کے جال بچھا رکھے ہیں اور وہاں کے ٹیلی وژن اور اخباروں میں دکھایا جا رہا ہے کہ لاہور جیسے عظیم شہر کو بھارتیوں نے فتح کرلیا ہے۔ یورپ میں رہنے والے رشتہ داروں اور دوستوں کا خیال تھا کہ لاہور کو ہندو قوم کبھی فتح نہیں کرسکتی۔ تاہم وہ بے حد پریشان تھے اور ٹیلی فون پر

بار بار خیریت پوچھتے تھے۔ جب انھیں بھارتی غلط بیانی کا علم ہوا تو وہ انگشت بدنداں رہ گئے۔ نعیم طاہر کے والدین بلکہ کل خاندان لندن ہی میں رہتا ہے۔ ان کے بھائی نے بھی ٹیلی فون پر خیریت دریافت کی تھی اور جب انھیں اس بات کا علم ہوا کہ ہم بھارت کی قید میں نہیں ہیں بلکہ اپنے ملک، اپنے وطنِ عزیز میں اپنی بری، بحری اور فضائی فوج کے کارناموں پر نازاں ہیں تو ان پر ایک ایک کر کے بھارت کے سارے جھوٹ کھُل گئے۔

آج یاسمین بالکل ٹھیک ہیں۔ آج صبح جب ہم انھیں دیکھ کر ہسپتال سے واپس آئے تو سارے ملازمین خندق میں بیٹھے ہوئے تھے۔ غور سے سُننے پر معلوم ہوا کہ سائرن بج رہا ہے۔ میں نے اور نعیم طاہر نے فوراً پناہ لی مگر امتیاز حسبِ عادت خندق کے باہر گھاس پر کھڑے رہے اور مصطفیٰ چپراسی سے جو پُرانا سپاہی ہے واہگہ کی طرف سے آنے والی توپوں کی مختلف آوازوں کے متعلق پوچھتے رہے اور مصطفیٰ شناخت کر کے بتاتا رہا کہ دشمن کی سرحد پار کی توپوں اور اپنی توپوں کی آواز میں کیا فرق ہوتا ہے۔ ہم نے ہزار انھیں کہا کہ سر پر دشمن کے بمبار طیارے آنے ہی والے ہیں، توپوں کی آواز کی شناخت بعد میں بھی ہو سکتی ہے مگر وہ عادت سے مجبور باہر ہی اطمینان سے کھڑے رہے۔ اتنے میں بمبار طیارے ہمارے سروں پر سے نکل گئے مگر منٹوں میں ہم نے ایک دھماکے کی آواز سُنی۔ تھوڑی دیر بعد ٹیلی فون پر معلوم ہوا کہ دشمن نے لاہور کے ہوائی اڈے پر بم گرایا ہے بڑا تعجب ہوا کہ بہت معمولی نقصان ہوا ہے لیکن ان کے جھوٹ کا یہ عالم ہے کہ آج سے ۳ دن پہلے بھارت ریڈیو بڑی شان اور بے باکی سے نشر کر رہا تھا کہ لاہور کا ہوائی اڈہ ہمارے قبضے میں ہے۔ آج تین دن کی مسلسل کوششوں کے بعد اس نے ایک بم گرایا جس سے معمولی نقصان ہوا ہے۔

ابھی ابھی ایک پروانہ بڑی سراسیمگی کی کیفیت میں اندر داخل ہوا اور اب میری موم بتی کے گرد گھوم رہا ہے۔ شاید یہ شہر کی اندھیری گلیوں کا چکر لگا آیا ہے وہاں اسے کوئی روشنی نہیں ملی۔ سڑکوں کے چراغ آج چار دن سے گل ہیں اور نہ جانے کب تک گُل رہیں گے۔

میری اختیاری بات ہوتی تو میں آج ہی ظلم وستم کی اس جنگ کو ختم کر دیتی اور سڑکوں کے سارے چراغ روشن کر دیتی تاکہ یہ نُور کا شیدائی اپنی ذاتی زندگی کے گرد گھوم کر خوش ہو لیتا۔ لیکن یہ ایک ایسے شہر کا رہنے والا ہے جو سرحد پر آباد ہے اور یہاں کے رہنے والوں کے لئے روشنیاں اور اندھیرے، جنگ و امن ـــــ اب زندگی کی لازم وملزوم چیزیں معلوم ہونے لگی ہیں ! پروانوں کے لئے اب ہماری دُنیا میں کوئی جگہ نہیں کیونکہ ساری دُنیا آمادۂ پیکار معلوم ہوتی ہے۔

۵

۱۰ ستمبر ۶۵ء

یہ دس ستمبر کی رات ہے۔

میں حسبِ معمول موم بتی کے آگے اپنا روزنامچہ کھولے بیٹھی ہوں اور توپوں کی گھن گرج سُن رہی ہوں۔ یہ میرے وطن میں جنگ کی پانچویں رات ہے لیکن آج ایک غیر معمولی بات یہ ہے کہ توپوں اور گولوں کے دھماکوں کے علاوہ کہیں قریب ہی سے فائرنگ کی آواز گھنٹے بھر سے آ رہی ہے جو منٹ بھر کو نہیں رُکتی۔ سب سو چکے ہیں۔ صرف میری بلیاں اندھیرے کمروں میں گھوم رہی ہیں اور آہیں بھر رہی ہیں طبیعت پراگندہ سی ہو رہی ہے۔ میں نے ابھی ابھی بڑی احتیاط سے ایک دریچہ کھولا اور باہر جھانک کر دیکھنے لگی۔ تیرھویں تاریخ کا چاند رخسارِ فلک کے ڈھلکے ہوئے آنسو کی طرح اُداس نظر آ رہا تھا۔ یہ جنگ کی راتیں بھی کتنی ہولناک ہوتی ہیں۔ میری سمجھ میں نہیں آ رہا کہ اس وقت یہ فائرنگ کہاں ہو رہی ہے — ! اور کیوں۔؟

آج صبح صبح ہم سب یاسمین کے پاس گئے۔ وہ آج بے حد شگفتہ نظر آ رہی تھیں اور رنگین

ڈریسنگ گاؤن پہنے اخبار پڑھ رہی تھیں۔ اس پاکستانی زخمی سپاہی کی طرح جو ذرا ٹھیک ہوتے ہی محاذ پر جانے کے لئے بے چین ہو جاتا ہے، وہ بھی گھر واپس آنے کے لئے مضطرب تھیں۔

آج کل تمام تمام دن سارے پاکستان کی فضا ریڈیو پر بجنے والے ولولہ انگیز ملّی ترانوں سے گونجتی رہتی ہے۔ شاعروں کے ان برجستہ نغموں کو سُن کر ساری قوم کو بڑی شدّت سے احساس ہو رہا ہے کہ ہمارے سرحدوں پر لڑنے والے شیر دل سپاہیوں کے ہر اُٹھتے ہوئے قدم کے ساتھ ہمارے شاعر ایک نیا برجستہ ترانہ لکھ رہے ہیں اور اسی تیزی سے ہمارے دُھن بنانے والے فن کار اور ہمارے خوش گلو مغنّی انھیں دل پذیر آوازیں گاتے ہیں۔ فوجوں کی نقل و حرکت اور ادیبوں اور شاعروں کے قلموں کی ایسی ہم آہنگی دُنیا کی تاریخ میں کہیں نظر نہیں آتی۔ یا کم از کم مجھے اس کا علم نہیں۔ گلوکاروں اور شاعروں نے ساری قوم کو اپنے نغموں کی شراب پلا کر مخمور کر دیا ہے۔ پاکستانی فنکارو! ہزار سال زندہ رہو، زندہ باد اہلِ قلم!

اس وقت موم بتی کی دھیمی روشنی میں میرے آگے آج کا اخبار کھُلا ہوا ہے۔ اس کے سرورق پر گوجرانوالہ کے شہریوں کی تصویر ہے۔ ان کے ہاتھوں میں بھارت کے شکستہ ہوائی جہازوں کے وہ ٹکڑے ہیں جنہیں ہمارے ماہرِ فن ہوا بازوں نے تباہ کیا ہے۔ یہ بھارتی جہاز شہریوں پر بمباری کرنے آئے تھے۔ پاکستانی ہوا بازوں نے بھارتی فضائی فوج کی کمر توڑ دی ہے اور پاکستان کے اکثر شہروں میں ان کے جہاز بسنت کی پتنگوں کی طرح کٹ کٹ کر گر رہے ہیں۔ اب لاہور کے تینوں محازوں پر پاکستانی فوجیں بھارت کے علاقے میں داخل ہو گئی ہیں اور بیشمار بھارتی فوجی قیدی بنالئے گئے ہیں۔ ان بدنصیبوں نے پاکستان میں آکر دنوں بعد پیٹ بھر کر روٹی کھائی ہے۔ اس کا اقرار بھارتی قیدیوں نے کیا ہے۔

آج دوپہر 'ف' صاحب تشریف لائے تھے۔ انھوں نے ہم سب کو لاہور کی پُر خطر زندگی سے نکل کر ایک محفوظ سرحد پر چلنے کی رائے دی جہاں آگے لے جانے کے لئے ان کی جیبیں تک موجود تھیں مگر امتیاز کو وہ قائل نہ کر سکے۔ امتیاز کہہ رہے تھے "جس شہر خوباں

میں ساری عمر امن و آشتی کے خُم لُنڈھاتے گزری ہے اڑے وقتوں میں اس سے کنارہ کشی کرنا صریحاً بے وفائی اور بزدلی ہے۔ آج یہاں کے آسمان پر طوفانِ جنگ کے سیاہ مہیب بادل گھِر آئے ہیں تو میں انہی کے سائے میں رہوں گا اور یہاں کی فضاؤں میں بمبار طیاروں کی گڑگڑاہٹ اور سرحدوں پر داغی جانے والی توپوں کی گھن گرج کو بخوشی ضبط و سکون کے ساتھ سُننا مجھے گوارا ہے، مگر کسی قیمت پر لاہور کو چھوڑ کر کہیں جانا منظور نہیں۔ آپ سب جانا چاہتے ہیں تو بخوشی چلے جائیں۔ میں یہیں رہوں گا۔ لاہور آخر لاہور ہے۔"

ان کے اس چیلنجی بیان کو سُن کر ہم سب نے عہد کر لیا کہ اس جنگ کو فتح کرنے کا جشن اپنے لاہور ہی میں منائیں گے۔ اس شہر کو قائدِ اعظمؒ نے پاکستان کا قلب کہا تھا۔

۶

۱۱ ستمبر ۶۵ء

یہ گیارہ ستمبر کی ہولناک رات ہے۔

موم بتی سامنے ہے اور میرا روزنامچہ کھلا ہوا ہے۔ یہ جنگ کی چھٹی رات ہے، آج لاہور میں کرفیو نافذ ہوگیا ہے۔ یہ سونے پر سہاگہ ہے۔ کرفیو نہیں تھا تو اندھیری رات میں سڑکوں پر کاریں گھوما کرتے تھے مگر آج سرِشام ہی سے ٹرانسسٹر لے کر اندھیرے لان میں بیٹھ گئے۔ اندھیری راتوں اور تاروں بھرے آسمانوں سے مجھے ہمیشہ عشق رہا، مگر ایسی اختر شماریاں زندگی میں کبھی نہ کیں جیسی آج کر رہی ہوں۔ اِن دنوں کئی عزیز شب باشی کے لئے ہمارے ہاں آجاتے ہیں۔ ہم سب غروبِ آفتاب کے بعد سے ریڈیو کے ختم تک رات گئے پائیں باغ میں بیٹھے ریڈیو سنتے اور وہیں اندھیرے میں کھانا کھاتے ہیں۔ میں وہاں بیٹھی تارے گنا کرتی ہوں۔ آسمان توپوں کی روشنی سے دمکتا رہتا ہے اور جب سائرن بجتا ہے تو ریڈیو بھی بند ہو جاتا ہے اور ہم سب تھوڑی دیر کے لئے اندر آجاتے ہیں۔ زندگی کی یہ راتیں یاد

رہیں گی۔!

سیالکوٹ میں گھمسان کا رن پڑا ہے۔ لوگ کہتے ہیں، سیالکوٹ میں ان دنوں ٹینکوں کی جو زبردست لڑائی ہو رہی ہے اس کی مثال دوسری جنگِ عظیم کے بعد یہ پہلی ہے مگر وہاں بھی پاکستان کا پلّہ بھاری رہا ہے۔ وہاں کے محاذ سے ہماری شیر دل فوجوں کی عدیم المثال شجاعت کی جو خبریں آرہی ہیں انھیں سُن کر تاریخِ اسلام کی پُرانی جنگوں کی یاد تازہ ہو جاتی ہے۔

صبح یاسمین سے ہسپتال میں ملنے گئے۔ واپسی میں کوئی ایک بجے کے قریب جسٹس رحمان کے ہاں اُتر گئے۔ ان سے معلوم ہوا کہ شبِ گزشتہ کی ہولناک مسلسل فائرنگ گلبرگ ہی میں ہوئی تھی اور آج اسی سلسلے میں کرفیو نافذ ہو گیا ہے۔

آج کل ہم سب نیچے کی منزل میں پناہ گیروں کی طرح سوتے ہیں۔ سونے سے پہلے تیاری کر کے سوتے ہیں کہ بمباری ہوئی تو کیا کرنا چاہیئے۔ میں نے اپنی بلّیوں کے لئے بھی ایک پناہ گاہ بنائی ہے۔ رات کو سب کو اسی میں رکھتی ہوں۔ مگر کئی ان میں خونخوار ہیں۔ آدھی رات کو لڑنے لگتی ہیں۔ مگر جب قوموں میں اتحاد نہیں تو بلّیوں میں کیا ہوگا۔ اس سلسلے میں حیوان انسان سب ایک سے ہیں نہ جانے ہمیں اشرف المخلوقات کا خطاب کس عقلمند نے دے دیا۔

آج کی خبر ہے کہ ہماری بہادر فوجیں کھیم کرن پر قبضہ کر کے بھارتی علاقے میں آگے بڑھ گئیں۔ ترکی نے جنگی سامان پاکستان بھیجنا شروع کر دیا ہے۔ اس کے علاوہ ترکی کے پچاس ہزار ترک رضاکار پاکستان آنے پر تیار ہیں۔ چین، انڈونیشیا، ترکی، ایران اور عرب ممالک سارے کے سارے ہمارے بہترین دوست ہیں۔

۷

۱۲ستمبر ۶۵ء

یہ ۱۲ستمبر کی رات ہے۔

میں اپنا روزنامچہ لکھنے موم بتی کے سامنے بیٹھی ہوں۔ میرے وطن میں جنگ کی یہ ساتویں رات ہے۔ بلیک آؤٹ ہے، کرفیو ہے، توپوں اور گولوں کی گھن گرج ہے اور نصف آسمان شعلوں کی مسلسل دمک سے مستقل طور پر روشن ہے۔ یوں معلوم ہوتا ہے کہ ہم میدانِ جنگ میں زندگی بسر کر رہے ہیں۔ سرحدوں پر گھمسان کی لڑائی ہو رہی ہے مگر پاکستانی قوم کی شب و روز کی مصروفیات و مشاغل میں ذرّہ بھر فرق نہیں آیا۔ ساری دکانیں کھلی ہوئی ہیں۔ لاہور کے سارے بازار پُر رونق ہیں اور شہر کی ساری شاہراہوں پر لوگوں کی آمد و رفت اور چہل پہل وہی ہے جو امن کے دنوں میں تھی۔ حتیٰ کہ بچے سڑکوں پر پتنگیں اُڑا رہے ہیں جنہیں دیکھ کر ریڈیو کو بار بار اعلان کرنا پڑتا ہے کہ آج کل آسمان پر پتنگیں نہ اُڑائیے، ہمارے ہوائی جہاز ان دنوں نیچی پرواز کر رہے ہیں۔ البتّہ قوم کے کردار میں ایک عزم و استقلال آگیا ہے اور بقول شاعر

مرد و زن سر پر کفن باندھے شانہ بشانہ ملک کے ہنگامی حالات کے مطابق کام میں معروف ہیں، آج ہمیں اس بات کا احساس ہو رہا ہے کہ ہمیں اپنے ملک سے کتنی گہری محبت ہے اور اپنی روایات اور اپنے اسلاف سے کس غضب کی وابستگی ہے۔ آج میں بیگم 'ق' سے ملنے گئی۔ اُن کے صاحبزادے امن کے دنوں میں ٹوئسٹ ناچ کے عاشق تھے اور باقاعدگی کے ساتھ ہفتے کی شام ان کے کمرے میں پاکستانی جوان امیرزادے چُست پتلونیں پہنے ٹوئسٹ کرتے نظر آتے تھے۔ آج گئی تو وہاں نوجوانوں کا جھمگٹا تو تھا مگر ان کے قدم رقصاں نہیں تھے۔ سب کے چہروں پر ایک پُر متانت جوش برس رہا تھا۔ میں نے جاتے ہی پوچھا، آج کیا ہو رہا ہے؟ سب نے کہا ہم سب کے سب پاکستانی فضائیہ میں داخل ہو رہے ہیں تاکہ ہمارا نام بھی وطن کے شہیدوں میں شامل ہو یا غازیوں میں۔ میں ششدر سی رہ گئی۔ جن نوجوانوں کے متعلق میرا خیال تھا کہ ان کا نظریۂ حیات صرف عیش و عشرت ہے ان کی زبانی یہ کلمات سُن کر مجھے فخر سا محسوس ہونے لگا کہ میری قوم کے نوجوان وقت کی نزاکت کو آنِ واحد میں بھانپ جاتے ہیں اور پَل کے پَل میں طاؤس و رباب پٹک کر شمشیر و سناں تھام لیتے ہیں۔ میں نے دل میں کہا کہ اس قوم کا نوجوان متوازن کردار کا مالک ہے۔ سچ پوچھیے تو ہماری قوم کے تمام وہ لوگ جو اعلیٰ معیار کی زندگی کے عادی تھے اور جن کا لباس جدید ترین تراش خراش کا آئینہ دار تھا اپنے محبوب وطن میں جنگ شروع ہوتے ہی اندر سے امن کے لئے لڑنے والے سچے سپاہی نکل آئے۔

پاکستان کی بے مثال فضائیہ نے آج بھی بھارتی طیاروں پر حسبِ معمول اپنی برتری برقرار رکھی اور انتہائی کوششوں کے باوجود بھارتی طیارے مغربی پاکستان کی حدود میں داخل نہ ہو سکے ہمارے جانباز ہوابازوں نے اپنی بَرّی فوجوں کی امداد کرتے ہوئے لاہور، سیالکوٹ اور دوسرے محاذوں سے آگ کی بارش کی۔ ان زبردست حملوں میں ہماری فضائیہ نے دشمن کے آٹھ ٹینک اور پندرہ فوجی گاڑیاں تباہ کر ڈالیں جو فوج لے کر محاذوں کی جانب آ رہی تھیں۔ دشمن کی آٹھ توپوں کو بھی خاموش کر دیا گیا۔

آج شام کرفیو ہونے سے پندرہ منٹ پہلے ایک تیز رفتار کار میں یاسمین ہسپتال سے گھر آگئیں۔ اندھیرے میں ان کے آنے سے روشنی ہوگئی۔ حسبِ معمول ہم سب مع ساز و سامان کے ــــ یعنی ٹرانسسٹر، پنکھا، ٹارچ اور کوکا کولے کی ٹھنڈی بوتلوں کے پائیں باغ میں جا بیٹھے۔ پھر وہی اندھیرا، وہی توپوں کی گڑگڑاہٹ اور وہی گولوں کی چمک سے روشن آسمان ــــ اور وہی جنگ کی لمبی رات ــــ اور موتیا کی ہوش رُبا لپٹیں!

۸

۱۳ ستمبر ۶۵ء

یہ تیرہ ستمبر کی رات ہے۔

میں موم بتی کے سامنے اپنا روزنامچہ لکھنے بیٹھی ہوں۔ وطنِ عزیز پر بزدل دشمن کے حملے کی یہ آٹھویں رات ہے۔ ان آٹھ دنوں میں اپنے سے چار گناہ زیادہ فوج سے جس بے جگری اور شجاعت سے ہماری برّی اور فضائی فوجوں نے مقابلہ کیا ہے اس پر ساری دُنیا عش عش کر اُٹھی ہے، دونوں قوموں اور دونوں فوجوں کا مقابلہ کرتے ہوئے نیویارک کے ٹائم میگزین نے لکھا ہے۔

" پاکستان کی چھوٹی مگر بہت ہی اعلیٰ تربیت یافتہ فوج سے کوئی مقابلہ نہیں۔ پاکستان کی فضائیہ نے جو کارنامے دکھائے ہیں وہ حیرت انگیز ہیں!"

مگر ٹائم میگزین کو حیرت کیوں ہو رہی ہے؟ ہماری تاریخ شجاعت کے کارناموں سے بھری ہوئی ہے مسلمان سپاہی جہاں بھی گئے ہیں مختصر فوج کے ساتھ گئے ہیں۔ جہاں بھی فتح

پائی ہے اپنے سے بہت بڑی فوجوں پر فتح حاصل کی ہے یہی ہماری روایات ہیں۔ یہ بات بھارت کو نہیں بھولنی چاہیئے کہ ہم قیامت ہیں اور دشمن کو نیست و نابود کر کے ہی دم لیتے ہیں۔ ہمیں فخر ہے کہ اس دفعہ ہماری فوج میں ہمارے پاکستانی پارسی اور عیسائی بھائی بھی شامل ہیں۔ اور دلی جذبے کے ساتھ اپنے وطن کے لئے سینہ سپر ہیں۔ زندہ باد پاکستانی پارسی اور عیسائی سپاہیو!

موم بتی کی مدھم روشنی میں میرے آگے اخبارات کھلے ہوئے ہیں۔ سیالکوٹ، سیالکوٹ کے زمین و آسمان، سیالکوٹ کی جنگِ عظیم، جہاں کے محاذ پر دشمن کے بے شمار ٹینک چیونٹیوں کی قطار کی طرح اُمڈ آئے، جہاں دشمن فوج کی گولیاں اور گولے بارش کے قطروں کی طرح برس رہے تھے۔ ہماری صف شکن فوجوں نے جس قیامت کی شجاعت سے اس جنگِ عظیم میں ڈٹ کر مقابلہ کیا ہے اس کی نظیر نہیں ملتی۔ یہی وہ شہر ہے جہاں شاعرِ مشرق اقبال پیدا ہوا تھا اور اس نے انسان کو مخاطب کر کے اس کے مقام کو کس قدر رفعت بخش دی تھی کہ ع

جہاں ہے تیرے لئے، تو نہیں جہاں کے لئے

بھارتی قوم جاہل ہے کیا؟ اس نے کلامِ اقبال نہیں پڑھا؟ اس قوم میں کوئی شاعر نہیں؟ کوئی ادیب نہیں؟ کوئی لکھا پڑھا آدمی موجود نہیں؟ —— بھارت کی ان پڑھ فوج نے شہرِ اقبال کو میدانِ جنگ بنا رکھا ہے۔ اس پر گولے برسائے ہیں، اس کے ہسپتالوں میں پڑے ہوئے مریضوں اور اس کے نہتے شہریوں پر بمباری کی ہے۔ میرا جی چاہتا ہے میں بھارتی ادیبوں اور شاعروں سے پوچھوں کہ آج کل آپ کا مشغلہ کیا ہے —— ہمارے مُلک کے شاعروں، ادیبوں، گلوکاروں اور سارے فن کاروں نے اپنے سپاہیوں کے اُٹھتے ہوئے قدموں کے ساتھ ساتھ اپنا قلم چلایا، اپنے نغمے بکھیر دیئے، اپنے قلموں کی سیاہیاں خشک کر ڈالیں۔ مگر آپ لوگوں نے کیا کیا؟ آپ کے ادیب، آپ کے شاعر، آپ کے گلوکار آج بھی ہاتھ میں طاؤس و رباب تھامے آپ کے ریڈیو سے فلمی غزلیں نشر کر رہے ہیں۔ آپ بھارتی ادیبوں اور شاعروں سے

اتنا بھی نہ ہو سکا کہ اپنی ان پڑھ جاہل فوج کو شہرِ اقبال پر ٹینکوں اور بمبار طیاروں کی یورش سے روکتے۔ یہی وہ وقت تھا کہ جب ادیب، شاعر اور فن کار آگے بڑھتے اور اپنی فوجوں، سیاستدانوں اور گمراہ لیڈروں کو صراطِ مستقیم دکھاتے۔ ان سے کہتے ہمسایوں کے بھی کچھ حقوق ہوتے ہیں، انھیں جینے دو۔ ان سے کہتے کہ رات کے اندھیرے میں اچانک کسی کی سرحد میں گھس کر ان کی بے خبری میں وار کرنا معیوب اور اخلاقِ انسانی کے سراسر خلاف بات ہے۔ جنگ سے زیادہ بُری کوئی چیز نہیں اور پھر وہ بھی اپنے ہمسایوں سے؟؟

بمبار اپنے تباہ کن بم پھینک کر انسانی آبادیوں کو موت کے گھاٹ اُتارتے ہیں اسی میں ان کی جبلّت کو تسکین حاصل ہوتی ہے۔ مگر قلم کاروں کا عالمی اصول یہ ہونا چاہئے کہ وہ اپنے نوکِ قلم سے قوموں پر امن و آشتی کے وہ پھول نچھاور کریں جن کی مہک سے قوموں کے دماغ، محبّت سے معطّر ہو جائیں۔ اور انھیں جنگ و خونریزی کا شیطانی خیال نہ آنے پائے۔

جنگ ایک سڑی ہوئی متعفّن لاش کی علامت ہے اور امن ایک مہکتا ہوا پھول ــــ!۔ واہگہ کی سرحد ہو یا سیالکوٹ کا محاذ، بھارتی سپاہی کی جان جائے یا پاکستانی مجاہد شہید ہو، ان کے کنبے پر ایک سی تباہی و بربادی آتی ہے۔ ان باتوں پر کون غور کرے۔ کون سمجھائے۔ اس وقت ہمیں اعلیٰ معیار کے ایسے مفکّروں کی ضرورت ہے جو جنگ و امن کے سلگتے ہوئے مسائل پر ٹھنڈے دل سے غور کریں اور انسانی آلام و مصائب پر ہمدردی سے سوچیں اور یاد رکھیں کہ جنگیں ہمیشہ قوموں کی نہیں بلکہ جبلّتوں کی ہوتی ہیں۔!

میرے ملک کے لئے یہ جنگ ایک اچانک مصیبت ہے، اس لئے کہ بھارت نے ہم پر یہ حملہ بغیر کسی جنگی اعلان کے کر دیا ہے۔ کوتاہ اندیش دشمن نے اتنا نہ سوچا کہ وہ جس قوی بازو قوم پر حملہ آور ہوا ہے اس کی تاریخ خیبر شکن شیر دل سپاہیوں سے بھری پڑی ہے۔ بھارت کے عالموں نے بھی تاریخ اسلام کا مطالعہ کیا ہوگا اور وہ بھولے نہ ہوں گے کہ مسلمان قوم دُنیا کی سب سے بڑی جنگجو قوم ہے۔ چنانچہ جنگ کی جو عدیم المثال روایات اس قوم کی تاریخ میں

ہیں اور کسی قوم کی تاریخ کو میسر نہیں. ہماری قوم کا بچہ بچہ صف شکن سپاہی ہوتا ہے ۔ وہ امن کےلئے جنگ کرتا ہے اور جنگجو ہوتے ہوئے امن کا پرستار ہے۔

رات کا سوا بج چکا ہے. لمحہ بھر کے لئے توپوں کی آواز تھم گئی ہے. مجھے آج کا دن اور آج کا روزنامچہ ختم کر دینا چاہئے. مگر نہیں — ! سطر ختم بھی نہ ہونے پائی تھی کہ دھماکے پھر شروع ہو گئے اور میں نے ایک دوسری موم بتی روشن کر لی ہے کہ کچھ اور لکھوں اور پڑھوں۔ اُف۔ ! توپوں اور گولوں کے دھماکے لمحہ بہ لمحہ بلند سے بلند تر ہوتے جاتے ہیں اور در و دیوار لرز رہے ہیں !

۹

۱۴ ستمبر ۶۵ء

یہ ۱۴ ستمبر کی رات ہے۔

میں موم بتی کے سامنے حسبِ معمول بیٹھی اپنے دن بھر کے حالات لکھ رہی ہوں۔ میرے ملک میں جنگ کی یہ نویں رات ہے۔ گولوں اور توپوں کے دھماکے دروازوں اور دریچوں میں ارتعاش پیدا کر رہے ہیں اور جس کُرسی پر میں اس وقت بیٹھی لکھ رہی ہوں وہ یوں ہلتی ہوئی محسوس ہو رہی ہے جیسے زلزلے سے ہل رہی ہو۔ میں نے قلم مضبوطی سے پکڑ رکھا ہے تاکہ سیاہی پھیل نہ جائے۔ ممکن ہے کہ میں سطریں ختم بھی نہ کر پاؤں کہ بم آکر قریب ہی کہیں گرے اور مجھے ختم کر دے۔ کیونکہ ہوائی حملے کا سائرن بھی بجنے لگا ہے، جس تیزی سے آج وہ بج رہا ہے اسی تیزی اور اسی رفتار سے میں اپنا روزنامچہ لکھ رہی ہوں۔ وہ دُور سے دشمن کے بمبار طیارے آنے لگے ہیں۔ اِن کی گڑگڑاہٹ میں سُن رہی ہوں۔ توپوں کی آواز اور طیاروں کی گڑگڑاہٹ میں کاغذ پر قلم چلانے کا یہ زندگی کا پہلا تجربہ ہے اگرچہ خوشگوار نہیں ہے مگر چونکہ نیا ہے اس لئے بُرا نہیں

ہے. توپوں اور گولوں کی یہ گھن گرج میرے لئے باعثِ اطمینان اس لئے ہے کہ یہ اپنے ہی وطن کے جانباز اپنی سرزمین کی حفاظت کے لئے چلا رہے ہیں اور بزدل بھارتیوں کو پیچھے دھکیل رہے ہیں۔ ہر روز اخباراتِ عالم میں اس بات کا اقرار ہوتا ہے کہ پاکستان کی مسلح افواج کا آج جواب نہیں، ہماری فضائیہ کے ماہرِ فن ہوابازوں کے حیرت انگیز کارنامے دیکھ کر سنڈے ٹائمز عش عش کر اٹھا ہے اور لکھا ہے :

"ہندوستانی ہواباز — پاکستانی ہوابازوں کے مقابلے میں بہت کمتر ہیں"

دشمن کی لاکھوں کی تعداد میں فوج کا ہمارے جیالے جوانوں نے وہ ڈٹ کر مقابلہ کیا ہے کہ کئی محاذوں پر شیخی خور دشمن نے گھٹنے ٹیک دیئے۔ دراصل ہندو قوم آدابِ جنگ سے ناواقف ہے۔ نہ وہ اعلانِ جنگ کو ضروری سمجھتی ہے نہ لڑنا جانتی ہے۔ یہی ان کی شکست کا بنیادی سبب ہے ورنہ کیا وجہ ہے ساری دُنیا کا سامانِ جنگ اکٹھا کر کے بھی وہ ہماری فوجوں کے آگے ہتھیار ڈال دیتے ہیں؟ کیا ان میں وہ جذبہ نہیں آیا جو ایک سپاہی کے لئے ضروری ہوتا ہے؟ — یہی وہ جذبہ ہے جس نے ہمارے بہادروں کو جامِ شہادت پلایا ہے۔ ہماری روایات کے مطابق ہر سپاہی خواہ وہ فوج کا جوان ہو یا افسرِ اعلیٰ شہید ہونے کی تمنا لئے ہوئے محاذ کی طرف بڑھتا ہے۔ موجودہ جنگ میں ہماری فوج کے کئی افسرانِ اعلیٰ جنہیں صفوں کے آخر میں رہنا تھا، جان ہتھیلی پر رکھ کر جذبۂ شہادت سے بے تاب ہو کر میدانِ جنگ میں اوّلین صفوں میں جا پہنچے اور اپنی جانِ عزیز اپنے مقدس وطن پر قربان کر دی یہی مسلمان سپاہی کی فطرت اور پاکستانی سپاہی کی گویا جبلت ہے! وہ نشانِ حیدر پانے والا پاکستان کا جیالا جاں نثار — جو دشمن کی لاکھوں کی تعداد کی فوج کے آگے حفاظتی دیوار بن کر کھڑا ہو گیا۔ میجر عزیز بھٹی جو پرسوں لاہور کے محاذ پر شہید ہو گئے اور اپنے پیچھے حب الوطنی اور شجاعت کی ایک داستان چھوڑ گئے۔ ان کے خاندان کے سارے رُکن قرونِ اولیٰ کے مسلمانوں کی مثال ہیں۔ جب ان کی شہادت کی خبر ان کے ضعیف والدین، کمسن بچوں اور ان کی جوان بیوہ کو ملی تو انھوں نے اس سپاہی کے جامِ شہادت

پہنے پرسکون وصبر اور فخر کا اظہار کیا۔ ان کی ساس نے کہا کہ میرے داماد نے شہید ہو کر سینکڑوں پاکستانی عورتوں کا سہاگ قائم رکھا۔ فوجی اعزاز کا سب سے اعلیٰ تمغہ پانے والے شہید میجر عزیز بھٹی نے ہفتہ بھر بھوکا پیاسا رہ کر پاکستان کی حفاظت کی، انھیں بھوکا پیاسا رہنے کی کوئی مجبوری نہ تھی مگر ان کا کہنا تھا کہ چھ ستمبر سے گیارہ ستمبر تک انھیں کسی بات کا ہوش نہ تھا نہ فرصت — ان کی بس ایک ہی تمنا تھی کہ دشمن کو پسپا کر دیا جائے۔ بھارت نے جب اعلانِ جنگ کئے بغیر چھ ستمبر کو پاکستان کے قلب یعنی لاہور پر حملہ کیا میجر عزیز بھٹی لاہور کے محاذ پر برکی کے علاقے میں پنجاب رجمنٹ کی ایک کمپنی کی کمان کر رہے تھے۔ ان کی دو پلٹنیں بیدیاں نہر سے چھ سو گز کے فاصلے پر تھیں لیکن انھوں نے دلی جذبے سے مجبور ہو کر اپنی کمپنی کی قیادت خود کرنے کے لئے برکی میں اگلی پلٹن کے ساتھ رہنا پسند کیا۔ دشمن نے اچانک ایک ڈویژن فوج، توپ خانہ اور لاتعداد ٹینکوں کی مدد سے مسلسل حملہ کرنا شروع کر دیا۔ اس محاذ پر دشمن نے چھ مرتبہ بھرپور حملے کئے لیکن ہر مرتبہ ہمارے جیالے جوانوں نے ڈٹ کر مقابلہ کیا۔ میجر بھٹی اپنی جان کی پرواہ نہ کرتے ہوئے سب سے آگے لڑنے والے دستوں کے ساتھ ساتھ رہے اور دشمن کے چھکے چھڑا دیئے۔ دس اور گیارہ ستمبر کی قیامت خیز رات کو دشمن نے پورے سیکٹر پر پھر زبردست حملہ کیا اور جب برکی کے گرد حلقہ تنگ کر لیا اور نہر کے پتن کے قریب پہنچ گیا تو میجر بھٹی مٹھی بھر جوانوں کے ساتھ دشمن کا مقابلہ کرتے ہوئے نہر کے پتن کی طرف پہنچے۔ انھوں نے دو دستوں کی صفیں درست کیں اور دشمن پر ٹوٹ پڑے۔ ان کا جذبہ، ان کی ہمت اور ان کا حملہ اتنا زبردست تھا کہ ہزاروں کی تعداد کی دشمنوں کی فوج غش غش کرتی ہوئی بھاگ نکلی۔ شیر دل میجر بھی تنہا دشمن کی فوج پر اس وقت تک مسلسل فائرنگ کرتے رہے جب تک ان کی کمپنی کا ایک ایک سپاہی اور ایک ایک جوان دوسرے کنارے تک نہیں پہنچ گیا۔ وہ بار بار صفیں درست کرتے اور ہر مرتبہ اس بے جگری سے دشمن کی فوج پر ٹوٹ کر گرتے کہ دشمن کے ہوش اُڑ گئے۔ اس موقع پر انیسؔ کا ایک مصرع مجھے بار بار

یاد آتا ہے ؎

کس شیر کی آمد ہے کہ رن کانپ رہا ہے

اس سارے کارنامے میں ان کے پاس صرف ایک سٹین گن تھی۔ مگر مسلمان سپاہی کبھی ہتھیاروں کا محتاج نہیں ہوتا۔ ہتھیاروں کے انبار تو بھارتی فوج کے پاس لگے ہوئے ہیں۔ بغیر جذبے کے ہتھیار بچوں کا کھلونا بن کر رہ جاتے ہیں۔ ۱۲ ستمبر کو پاکستان کا یہ مایۂ ناز بہادر سپاہی دشمن کی ہزاروں کی تعداد میں پیدل فوج اور لاتعداد ٹینکوں اور توپوں کے گولوں کی برسات کا مقابلہ کر رہا تھا کہ ایک گولہ دائیں کندھے پر آگرا اور وہ نشانِ حیدر پانے والا شہید ہوگیا۔ لیکن حقیقت یہ ہے اور اس بات کی کئی اور جگہ سے تصدیق ہو چکی ہے کہ ہماری فوج کا ہر جوان خواہ وہ ہوا باز ہو، یا میدانی یا بحری سپاہی — عزیز بھٹی ہے۔

میری موم بتی بجھتی جا رہی ہے مگر میرے قلم میں سیاہی بھری ہوئی ہے۔ کسی بم کے آگرنے یا موم بتی کے بجھنے سے پیشتر میں اتنا کہنا چاہتی ہوں۔ پاکستان کے شیر دل مجاہدو! اہم پاکستان کی عورتیں — جن کی عزت و ناموس کے تم محافظ ہو، تمہاری خدمت میں یہ ہدیۂ سلام بھیجتی ہیں — پاک افواج! زندہ باد۔

۱۰

۱۵ ستمبر ۶۵ء

یہ پندرہ ستمبر کی کالی اندھیری رات ہے۔

میں حسب معمول موم بتی کے آگے اپنا روزنامچہ کھولے بیٹھی ہوں۔ میرے وطن پر بھارت کے اچانک حملے کا دسواں دن ہے۔

صدر ایوب کا یہ فقرہ آج ساری قوم کی زبان پر ہے۔ اُنھوں نے جنگ کے پہلے دن ۶ ستمبر کو اپنی تاریخی تقریر میں گرج دار آواز میں کہا تھا "بھارت نہیں جانتا کہ اُس نے کس قوم کو للکارا ہے۔" بھارتی حکمرانوں کا خیال تھا کہ وہ اپنی لاتعداد فوج، توپ خانے، ٹینک اور فوجی گاڑیوں سے ہمیں خوفزدہ کر دیں گے مگر وہ بھول گئے تھے کہ اُنھوں نے کس قوم کو للکارا ہے۔ مگر ان کی اس کوتاہ اندیشی نے مسلمان قوم کو غصہ دلایا اور مشرقی و مغربی پاکستان کے بپھرے ہوئے شیر سرحدوں پر پہنچ گئے اور دنوں میں صف آرا ہو کر قیامت بن کر دشمن پر ٹوٹ پڑے۔ ان دس دنوں میں ہمارے جیالے اور عدیم المثال شجاعت کے مالک فوجیوں نے بزدل بھارتیوں

کو گھٹنے ٹیکنے پر مجبور کر دیا ہے۔ ہماری فضائیہ کے شاہین بھارت کی آدھی سے زیادہ فوجی طاقت کو نیست و نابود کر چکے ہیں۔ یہی وجہ ہے کہ اب ہوائی حملے کے سائرن کبھی کبھی بجتے ہیں، آج بھارتی فوجی افسر ہماری قید میں ہیں۔ دشمن کے کئی ٹینک تباہ ہو چکے ہیں۔

سنڈے ٹائمز لندن نے تماشائی بن کر دونوں فوجوں کی لڑائی دیکھی اور اس پر تبصرہ یوں کیا ہے:۔

"ہندوستان اس جنگ میں پاکستان سے بُری طرح مار کھا رہا ہے حالانکہ فوجی لحاظ سے پاکستان کے ایک فوجی کے مقابلے میں ہندوستان کے چار فوجی لڑ رہے ہیں۔"

اقوامِ عالم نے ایک زبان ہو کر پاکستانی فوج کی شجاعت اور بھارت کا لوہا مان لیا ہے اور ساری دُنیا عش عش کر اُٹھی ہے۔

آج کے دن بھی توپوں اور گولوں کی آوازیں مسلسل آتی رہیں۔ ان توپوں کی گھن گرج میں بیٹھی نورجہاں کا انتظار کرتی رہی۔ انھوں نے ٹیلی فون پر کہا تھا کہ دُھن کی مشق کے بعد وہ ریڈیو اسٹیشن سے میرے ہاں آئیں گی۔ میری لکھنے کی میز اوپر کی منزل میں دروازے کے آگے لگی ہے۔ دونوں طرف بڑے بڑے دریچے ہیں۔ گولوں کی آواز سے میز مرتعش رہتی ہے اور اس پر لکھنا مشکل ہو جاتا ہے۔ کاغذات اور اخبارات بکھرے ہوئے ہیں، انھیں سمیٹ کر نیچے بھی نہیں لا سکتی۔

اس وقت رات کا پون بجا ہے۔ یہ تیسری موم بتی ہے جسے جلائے بیٹھی ہوں۔ گھر کے سارے لوگ یقیناً سو چکے ہیں۔ میرا موٹا بلا شدّاد البتہ جاگ رہا ہے اور میرے پاس بیٹھا ہے۔ ابھی ابھی اس نے موم بتی سونگھ کر گرادی تھی۔ اسے دوبارہ روشن کر کے لکھنے بیٹھ گئی ہوں۔ اس کی ہلکی روشنی میں میرے سامنے اخبار کھُلا ہوا ہے۔ پہلے صفحے پر ایک بھارتی قیدی سپاہی کی تصویر چھپی ہے جس نے اپنی پشت پر گولی کھائی ہے اور اب قیدی بن کر ایک پاکستانی سرجن

سے یہ گولی نکلوا رہا ہے جس فوج میں ایسے سپاہی ہوں گے

اس قوم کا بیڑا ہی ہوا غرق

کیا بھارت کی عورتوں نے اپنے اس سورما کی تصویر دیکھی ہوگی جس نے اپنی پشت پر گولی کھائی ہے۔ ہمارے ہاں کسی اتفاق سے بھی کوئی سپاہی پشت پر گولی کھائے تو اُس کی ماں اُس کا دُودھ نہ بخشے، اُس کی بہنیں مارے غیرت کے زمین میں گڑ جائیں۔ یہ تصویر ۱۳ ستمبر کے 'پاکستان ٹائمز' میں نکلی ہے اور میں نے اسے کاٹ کر اپنی ڈائری میں بطور عجوبہ محفوظ کر لیا ہے کیونکہ یہ بالکل نئی چیز ہے۔ ہماری روایات میں سپاہی اپنے سینے پر گولی کھاتا اور مُسکراتا ہوا دم توڑ دیتا ہے مگر غنیم کو پیٹھ نہیں دکھاتا۔!

ہر طرف اندھیرا ہے، ہر طرف سناٹا۔ آسمان پر کہکشاں کی آگ لگی ہوئی ہے جو دونوں ملکوں کو دیکھ رہی ہے اور پوچھ رہی ہے ؎

تو ہی کہہ دے کہ اکھاڑا درِ خیبر کس نے؟

کاٹ کر رکھ دیئے کفّار کے لشکر کس نے؟

اس کا جواب واہگہ اور سیالکوٹ کے محاذ پر ملے گا۔ کبھی کبھی یوں محسوس ہوتا ہے کہ اقبال نے اپنا کلام موجودہ جنگ کی پیشین گوئی کے طور پر لکھا تھا۔

میری تیسری موم بتی بھی پگھلنے لگی ہے۔ میرا ابلا بھی سو چکا ہے۔ دو بجے ہیں۔ اور ابھی تک سرحد پر توپیں داغی جارہی ہیں۔ گولے چھوٹ رہے ہیں۔ سرحد پر لڑنے والے قوم کے بہادر محافظو! تم پر ہزاروں سلام !

۱۱

۱۶ستمبر ۶۵ء

یہ ۱۶ ستمبر کی رات ہے اور میرے وطن میں جنگ کی گیارھویں رات!

موم بتی میرے آگے ہے اور روزنامچہ کھلا ہوا۔ آج میں وقت سے بہت پہلے لکھنے بیٹھ گئی ہوں۔ اس کی وجہ یہ ہے کہ آج پائیں باغ کا آسمان توپوں کی روشنی سے بہت زیادہ چمک رہا تھا۔ کبھی کبھی یوں شبہ ہوتا تھا جیسے باغ میں بجلی کوند رہی ہو۔ اس کی چمک سے پریشان ہو کر کئی ہم نشین اندر کمروں میں چلے گئے ہیں۔ صرف امتیاز باغ کے اندھیرے میں بیٹھے ریڈیو سن رہے ہیں۔ آج کل ریڈیو پر بجنے والے ترانوں کا جواب نہیں ہیں لکھ رہی ہوں مگر میرے کان ریڈیو پر لگے ہیں۔ اندھیری رات میں ولولہ انگیز نغمے گونج رہے ہیں۔ بہادر شہریوں کے دل میں انھیں سن سن کر حب الوطنی کے دریا سیلاب بن کر اُبل رہے ہیں۔

۱۔ زندہ رہے گا، زندہ رہے گا
سیالکوٹ تو زندہ رہے گا

۲ ۔ خطۂ لاہور تیرے جاں نثاروں کو سلام

۳ ۔ سلام سلام ، پاک فوج کو سلام

میں سوچتی ہوں آج کل وہ لوگ کہاں ہیں جو چیخ رہے بلکہ دھاڑیں مار مار کر رو رہے تھے کہ ہمارے ادب میں جمود ہے۔ دراصل ان رونے والوں کا اشارہ اپنے اندر کے جمود کی طرف تھا۔ وہ تو آج کی جنگ میں بھی جمود ہی میں غوطہ زن ہیں اور سارے ادیب' شاعر' گلوکار غرض پاکستان کے وہ تمام فن کار جن کے متعلق بعض قنوطی نقادوں کو غلط فہمی تھی کہ ان پر جمود طاری ہے، سینہ تانے اپنے سپاہیوں کے پیچھے گامزن ہیں۔ فن کاروں کی اپنی فوج ہے۔ کسی کے ہاتھ میں قلم ہے کسی کے ہاتھ میں طاؤس و رباب اور کسی کے ہاتھ میں برش۔ اور سب اپنی فوجوں کا ساتھ دے رہے ہیں ——— اپنی قوم کو جگا رہے ہیں اور جو جمود جمود کہہ کر رو رہے تھے اور نوحہ کناں تھے وہ اس اژدہام میں آج کے نازک موقع پر غائب ہیں۔ کیا انھیں جمود نگل گیا؟ اس وقت بلیک آؤٹ کے سناٹے میں یہ خیالات میرے ذہن میں ننھے منّے دیوں کی شکل میں روشن ہو رہے ہیں۔

اُف — ! اس وقت توپوں کی گرج اپنے عروج پر پہنچ چکی ہے۔ کان کے پردے پھٹے جا رہے ہیں۔ ابھی ابھی یاسمین پریشان ہو کر دروازے میں آکھڑی ہوئیں اور کہنے لگیں۔ سرہانے کا دروازہ یوں بج رہا اور ہل رہا ہے جیسے یہ توپیں اپنے باغ میں داغی جا رہی ہیں۔ مجھے ہنسی سی آگئی۔ دریچہ کھول کر میں نے ابھی ابھی باہر نظر ڈالی تو آسمان گولوں کی روشنی سے منور' زمین بلیک آؤٹ سے سیاہ نظر آئی۔ میرے دل نے کہا مرحبا! پاکستان کے شیرو! اپنے گولوں اور توپوں کی آوازیں اور اُونچی کر دو— اور اُونچی— یہاں تک کہ دشمن کے سوائے اقبال کے اس شعر کے اور کچھ سُنائی نہ دے ؎

لہو سے لال کیا سینکڑوں زمینوں کو
جہاں میں چھیڑ کے پیکارِ عقل و دیں ہم نے

اور آج اقبال کے سیالکوٹ میں گھمسان کا رن پڑا ہے۔ وہاں کے محاذ پر ٹینکوں کی ایسی قیامت خیز جنگ جاری ہے جس کی نظیر نہیں ملتی۔

ناصر کاظمی نے اس موقع پر متاثر ہو کر کس قدر برجستہ بول کہے ہیں: ؎

دوسری جنگِ عظیم کے بعد، نہیں دیکھی ایسی لڑائی
سرحد سرحد دیکھ چکی ہے دُنیا دشمن کی پسپائی
زندہ رہے گا زندہ رہے گا
سیالکوٹ تو زندہ رہے گا!

اور واقعی سیالکوٹ زندہ رہے گا۔ ہماری شاعری میں، ہمارے ادب میں زندہ رہے گا۔ سیالکوٹ کا محاذ ہی وہ مقام ہے جہاں بھارت اپنے سینکڑوں ٹینک لے کر حملہ آور ہوا تھا اور یہی وہ مقام ہے جہاں دشمن پر ثابت کر دیا گیا کہ پاکستان کے بہادر شہریوں اور پاکستان کی جانباز فوج کے جیالے سپاہیوں کے عزم و ثبات کے سامنے ٹینکوں کی آہنی پناہ گاہیں کوئی حقیقت نہیں رکھتیں۔ چنانچہ بھارت کے یہ فولادی گھروندے پاش پاش کر دیئے گئے اور اسلام کی تاریخ میں پاکستانی فوج نے ایک زندۂ جاوید باب کا اضافہ کیا۔ سیالکوٹ کا میدانِ کارزار ہی وہ خونیں محاذ ہے جہاں ایک دولھا سپاہی نے اپنے سہرے کی لڑیاں نوچ کر قوم پر نچھاور کر دیں اور مادرِ وطن کی آبرو بچانے کے لئے دشمن کی توپوں اور گولوں کے آگے سینہ تان کر کھڑا رہا اور مسکرا کر جامِ شہادت نوش کر گیا۔ یہ جانباز سپاہی میجر ضیاء الدین عباسی تھا جس کی شادی کو صرف پانچ مہینے ہوئے تھے اور جس کی اٹھارہ سالہ دلہن، ضعیف باپ اور بوڑھی ماں نے اس کی شہادت کی خبر سُن کر پاکستان زندہ باد کہا تھا۔ یہ ہے مسلمان قوم — ایسی ہوتی ہیں پاکستان کی شیر دل عورتیں — لیکن میں سوچتی ہوں کہ جنگ کے ختم ہونے پر جب میں کراچی جاؤں گی تو بیگم جعفری کو بھانجے کا پُرسہ دوں گی یا اس کی بے نظیر شجاعت پر مبارکباد؟ میجر عباسی کی ضعیف ماں اور کمسن بیوہ دلہن سے تعزیت کروں گی یا ملک و قوم

پر قربان ہو جانے والے اس بہادر سپاہی کے جذبۂ حب الوطنی پر اپنی عقیدت کے آنسو پیش کروں گی؟ میں جانتی ہوں — میں کچھ بھی نہ کر پاؤں گی۔ ایسی باتوں میں میں سخت فراری ہوں۔ شاید میں ان سے ملنے کی ہمت ہی نہ کر سکوں۔ یہ ستمبر کا مہینہ ہے۔ پچھلے اپریل ہی میں تو اس نوجوان شہید کے سہرے کے پھول کھلے تھے۔

آج دن کے وقت بھی ایک بجے تک واہگہ کی سرحد پر توپیں آگ اُگلتی رہیں۔ اے میرے وطن کی سرحد کے محافظو! زندہ رہو۔ اگرچہ ہماری توپوں کے دھماکوں سے میرے گھر کی اُوپر کی منزل مرتعش رہتی ہے اور وہاں بیٹھ کر کچھ سوچنا یا لکھنا محال ہو گیا ہے مگر قوم کا بچہ بچہ تمہاری خدمت میں اپنی عقیدت و محبت کا سلام پیش کرتا ہے۔ دن کے وقت میں اپنے کانوں میں روئی ٹھوس کر لکھنے کی میز پر بیٹھ جاتی ہوں۔ آج صبح اپنے ناول 'کمخواب' کے دو باب مشکل مکمل کئے۔ کاغذ پر ایک ایک سطر لکھنے کے بعد محسوس ہوتا تھا کہ اس جنگ نے ہمارے ادب کا رُخ گلستانوں کی طرف سے موڑ کر میدانِ جنگ کی طرف پھیر دیا ہے۔ کمخواب ایک مؤثر داستانِ محبت لکھنے لگی تھی کہ یکایک میرے عزیز وطن کی سرزمین پر جنگ کے شعلے بھڑک اُٹھے۔ اب ان شعلوں کی تمازت کہانی کی محبت کے شعلوں کو تیز سے تیز تر کرتی چلی جا رہی ہے۔ یوں ادب بدلتا ہے اور اس طرح نیا معاشرہ جنم لیتا ہے۔ یہ خبریں کسی کی کوشش یا ارادے سے نہیں ہوتیں بلکہ انقلاب پُرانی چیزوں کو چشم زدن میں نئے سانچوں میں ڈھال دیتے ہیں۔

ابھی ابھی میں موم بتی ہاتھ میں لئے کھانے کے کمرے میں گئی۔ پیاس لگ رہی تھی۔ پانی پینے کے لئے فریجریٹر کھولا تو یہ حقیقت منکشف ہوئی کہ صبح کے ناشتے کے لئے انڈے نہیں ہیں۔ ہر روز کوئی چیز اچانک ختم ہو جاتی ہے۔ کرفیو کی وجہ سے وقت نہیں ملتا۔ یہی وجہ ہے کہ آجکل میں خانہ داری کے سلسلے کی شوپنگ صبح کے وقت مکمل کر لیتی ہوں پھر بھی کوئی نہ کوئی چیز ضرور رہ جاتی ہے۔ مثلاً انڈے —

۱۲

۱۷ ستمبر ۶۵ء

یہ سترہ ستمبر کی رات ہے۔

میں موم بتی کے آگے بیٹھی ہوں۔ میرے وطنِ عزیز میں جنگ کی یہ بارھویں رات ہے لیکن یہ بارہ دن مجھے بارہ سال معلوم ہو رہے ہیں۔

دوپہر کے ڈھلنے کے بعد میں گھر سے باہر نکلی۔ مال روڈ پر ایک جیپ چلی جا رہی تھی اور اس میں ہمارے چار فوجی بھائی سوار تھے۔ میرے ساتھ بیٹھے ہوئے ڈھائی سال کے بچے نے فرطِ شوق سے اُچھل کر چلّانا شروع کر دیا: "ہیرو، ہیرو، ہیرو"۔ ان مردانِ وقت و مردانِ جنگ کو ایک نظر دیکھنے کے لئے راہ گیر رُک گئے اور زندہ باد کے نعرے لگانے لگے اور ہمارے فوجی ایک شانِ استغنا سے مُسکراتے ہوئے آگے کو بڑھ گئے۔ اب فلم اسٹاروں کو کوئی نہیں دیکھتا سب کی آنکھیں وطن کے ان محافظوں کی طرف اُٹھ جاتی ہیں جو سرحدوں پر دل میں حسین کا عزم اور ہاتھ میں علی کی تلوار لئے دشمنوں سے نبرد آزما ہیں۔ اس وقت مجھے دو سال پہلے کی بات یاد

آرہی ہے۔ بدقسمتی سے ان دنوں میں بھارت میں تھی، بھائی عزیز الشفیع اور دوسرے رشتہ داروں سے ملنے کے سلسلے میں گئی تھی۔ وہ ۲۶ جنوری کا دن تھا جو بھارت کا یوم جمہوریہ ہے۔ رشتہ داروں اور دوستوں نے مجھے مجبور کیا کہ میں بھارتی فوج کی پریڈ دیکھوں۔ نہ جانے کیا بات تھی کہ بھارتی فوج کو دیکھنے کا مجھے مطلقاً شوق نہ تھا۔ اس لئے نہیں کہ میں متعصب تھی یا پاکستانی تھی، بلکہ صرف اس لئے کہ میری تصور کی آنکھ کے لئے فوجوں کی آرائش و زیبائش مسلمان یا پاکستانی سپاہی کے لئے مخصوص ہے۔ تاہم میں بھارت کے یوم جمہوریہ کی سالگرہ کی پریڈ دیکھنے چلی گئی جس کی میں نے بڑی بڑی تعریفیں سن رکھی تھیں کہ میلوں اور کوسوں کا پریڈ ہوتا ہے اور سارے شہر میں گھومتا ہے اور شہریوں اور سیاحوں کے دل پر اپنی دھاک بٹھا جاتا ہے۔ مجھے اچھی طرح یاد ہے وہ ۲۶ جنوری کی ایک گیلی اور سردی سے لرزا دینے والی صبح تھی، ہم لوگ فلیٹ کی چھت پر بھارتی افواج کی پریڈ کی آمد کے انتظار میں بیٹھے تھے۔ اتنے میں دور سے بینڈ کی آواز آنی شروع ہوئی۔ میں نے نظر اُٹھا کر دیکھا تو تختِ رواں پر بیسیوں ناچنے والے اور ناچنے والیاں رنگین گھگھرے پہنے ناچ رہی تھیں اور ان کے ساتھ ڈھول پیٹنے والے زور زور سے ڈھول پیٹ رہے تھے۔ کسی تختِ رواں پر بڑا سا بندر بیٹھا تھا کسی پر دیوی دیوتاؤں کی مورتیاں رکھی ہوئی تھیں اور ان کے گرد ناچنے والیاں تھیں۔ میں نے حیران ہو کر پوچھا "یہ فوجی پریڈ ہے یا کھیل تماشا؟ اور کیا بھارتی فوج میں طائفے بھرتی کئے جاتے ہیں۔"

اگرچہ یہ سوال میں نے اپنی معلومات میں اضافے کی نیت سے کیا تھا مگر میں نے دیکھا کہ میرے ہندوستانی ملنے جلنے والوں اور خود میزبان کو ناگوار گزرا ہے۔ میں نے دوبارہ نیچے نظر ڈالی، اب ہاتھیوں کی ایک قطار چلی آرہی تھی۔ میرے میزبان نے فخر سے کہا۔ "یہ میسور کے ہاتھی ہیں۔" میں نے اپنے دل میں کہا میں یہاں ہاتھیوں یا بندروں کا ناچ دیکھنے تو نہیں آئی تھی۔ پھر اپنے میزبان سے کہا۔ "ٹھیک ہے یہ ہاتھی ہیں" وہ چکنے تھے اور وہ بندر ـــــ مگر سپاہی کہاں ہیں؟ اب سپاہیوں نے آنا شروع کیا۔ چشم زدن میں فوج میرے آگے

سے گزرنے لگی۔ مگر مجھے تو وہ ہنومان کی فوج معلوم ہوئی۔ دُبلے پتلے فوجی کن انکھیوں سے تماشائیوں کو دیکھتے ہوئے چلے آرہے تھے۔ میرے قریب ہی آفتاب کھڑے تھے جو پاکستان سے میرے ساتھ ہی آئے تھے۔ ہم نے آپس میں ایک دوسرے کو مُسکرا کر دیکھا۔ میں منتظر رہی کہ شاید اس سے بہتر اور ٹولیاں آئیں گی۔ ٹولیاں تو آئیں مگر کسی کے تن پر کوئی ایسا کپڑا نہیں جو شمالی ہندوستان کے جنوری کے مہینے کے سرد جھونکوں کا مقابلہ کرسکتا۔ آفتاب اب تک حیران ہو کر دیکھ رہے تھے۔ میں نے کچھ دیر بعد اپنے میزبان سے کہا: "چلئے اب گھر چلیں، دیکھلی پریڈ۔" اور جب میں کار میں بیٹھی تو میری تصور کی آنکھ اپنے وطن کے سپاہیوں کو دیکھ رہی تھی اور اپنے قومی دن کی پریڈ کا منظر میرے سامنے تھا۔ بلند و بالا سپاہی سینہ تانے جلال و جمال کی تصویر بنے عزمِ صمیم کی گڑی ہوئی نظروں سے اپنے سامنے کہیں دُور تکتے ہوئے اس طرح قدم اُٹھاتے نظر آرہے تھے، جیسے دُور دراز کی نامعلوم سرزمینوں میں پاکستان کا سبز پرچم گاڑنے چلے ہوں، ان کی بے شکن وردیاں، ان کے اکٹھے اُٹھتے ہوئے قدم اور بازو، جیسے انسان نہیں مشینیں رواں دواں ہیں، پھر انھیں دیکھ کر پاکستانی عوام کا وہ جوش و خروش، وہ والہانہ عقیدت — "چہ نسبت خاک را بہ عالمِ پاک" میرا دل بے اختیار چاہنے لگا کاش میں دہلی کی سڑکوں پر پھرنے والے کسی بھارتی کو اُٹھا کر اپنے ملک میں لے جاتی اور لاہور کی چھاؤنی میں اپنے قومی دن کی پریڈ دکھا کر کہتی کہ دیکھو۔ آنکھیں کھول کر دیکھو — اسے کہتے ہیں فوجی پریڈ اور ایسے ہوتے ہیں سپاہی۔ بعد میں مَیں نے برسوں بعد سُنا کہ اب وہاں ۲۶ جنوری کی پریڈ درست ہوگئی ہے۔

آج ۷ ستمبر کی رات کو مجھے یہ ساری باتیں یاد آرہی تھیں اور میں اپنے آپ کو مبارکباد دے رہی ہوں کہ ایک ایسے آزاد ملک میں رہتی ہوں جہاں کے شہری اور جہاں کے بہادر فوجی اپنی سرحدوں کی حفاظت بخوبی کرسکتے ہیں اور جہاں کے عوام دشمن کے بمبار طیاروں کو دیکھ کر سینہ تانے باہر نکل آتے اور اسے ایک تماشا سمجھ کر دیکھنے لگتے ہیں۔ اُنھیں بخوبی علم ہے کہ

بم گرے تو وہ آنِ واحد میں ختم ہو سکتے ہیں۔ مگر شوقِ تماشہ بینی انھیں بے باک بنا دیتا ہے۔ وہ موت سے نہیں ڈرتے ؎

اُس قوم کو شمشیر کی حاجت نہیں رہتی
ہو جس کے جوانوں کی خودی صورتِ فولاد!

یوں معلوم ہوتا ہے کہ اقبال زندہ ہے اور اس نے حالیہ جنگ کے حالات نقادانہ نظر سے دیکھ کر یہ شعر موزوں کیا ہے۔

ہم اپنے وطن کی سرحد پر رہتے ہیں۔ بدقسمتی سے ہمیں ہمسایہ ایسا ملا ہے جو ہمیشہ ہمارا دشمن رہا ہے۔ اِس لئے بلا امتیازِ جنس یہاں سب کو فوجی تربیت ملنی چاہیئے اور عورتوں کو بھی فوج میں بھرتی ہو کر مسلمان عورتوں کی روایات کو زندہ رکھنا بہت ضروری معلوم ہوتا ہے۔ مسلمان عورتوں کے لئے میدانِ جنگ، زخمی سپاہی، شہیدوں کی لاشیں کوئی نئی چیز نہیں۔

آج میری موم بتی بہت روشن ہے، بجھنے کا نام نہیں لیتی۔ بلیک آؤٹ میں مجھے اپنی قوم کا مستقبل بے حد درخشاں نظر آ رہا ہے۔

آج میری ایک بلی چاندی کی ناک بند ہے، سانس لیتی ہے تو پھنکارے مارتی ہے۔ بلی کا زکام خطرناک ہوتا ہے۔ آج میں نے اُسے سلفا دی ہے اور دوسری بلیوں کو علیحدہ رکھا۔

۱۳

۱۸ ستمبر ۶۵ء

یہ اٹھارہ ستمبر کی رات ہے۔

میں حسبِ معمول موم بتی کے آگے کاغذات لئے قلم پکڑے بیٹھی ہوں۔ پاکستان میں یہ جنگ کی تیرھویں رات ہے۔ میں سوچتی ہوں یہ جنگ ختم کیسے ہوگی؟ — میرا دل کہتا ہے جنگیں کبھی ختم نہیں ہوتیں۔ وقتی طور پر دب جاتی ہیں اور دب دب کر اُبھرتی ہیں۔ جس دن سے پاکستان اور بھارت میں جنگ شروع ہوئی ہے اس بات پر میرا ایمان پختہ ہوتا جاتا ہے کہ پاکستان شیروں کی سرزمین ہے۔ یہاں شیر ببر بستے ہیں۔ یہاں ایک فوجی کمانڈر سے لے کر گلی کوچوں میں چلنے پھرنے والا ایک عام راہ گیر اپنے اندر خالدؓ بن ولید کی خصوصیات پوشیدہ رکھتا ہے۔ یہ مبالغہ یا خوش فہمی نہیں ہے۔ یہ میرا ذاتی تجربہ اور عینی مشاہدہ ہے۔ ان دنوں میں نے کرفیو کی وجہ سے شام کی معروفیات صبح کے وقت رکھی ہیں۔ ملاقاتیں، شوپنگ، ڈبل روٹی انڈے مکھن۔ چنانچہ آج صبح میں چند ضروری چیزیں خریدنے کے لئے ایک چھوٹی سی ایسی دُکان میں گئی جس کے باہر شیشے

کے کیس لگے ہوئے تھے۔ اتفاق کی بات کہ ادھر میں دکان میں داخل اُدھر ہوائی خطرے کا سائرن بجنے لگا۔ میرا ڈرائیور تو کار سے اُتر کر کسی محفوظ جگہ پر جا چھپا، دکاندار نے مجھے فی الفور دوسرے کمرے میں پناہ لینے کی دعوت دی۔ جب تک خطرے کا سائرن بجتا رہا ہم خاموش رہے۔ جب خطرہ مسلط ہو گیا اور سائرن نے اپنا فرض ادا کر دیا تو میں نے دکاندار سے کہا: "آپ کی دکان کے باہر تو شیشوں کے کیس بنے ہیں، بمباری ہوئی تو شیشے ٹوٹنے اور ان کی کرچیں اُڑنے سے بہت نقصان پہنچنے کا اندیشہ ہے۔" دکاندار نے بے فکری سے کہا: "کیسا نقصان؟ دیکھئے بہن آج ہم حق کے لیے لڑ رہے ہیں۔ میرا ایمان ہے کہ جو قوم حق کے لئے لڑتی ہے اس کی فتح ہوتی ہے۔ کئی بہادر سپاہی اپنی ڈیوٹی دیتے ہوئے کام نہیں آجاتے؟ اگر میری دکان اُڑ گئی اور میں بھی کام آگیا تو کیا ہوا — ؟ چونکہ حکومت کا حکم ہے کہ جب سائرن بجے تو پناہ کی جگہ پر چلے جاؤ۔ اس حکم کی تعمیل میں میں نے پناہ گاہ کا یہ چھوٹا سا کمرہ ضرور بنا لیا ہے آگے جو قدرت کو منظور ہوگا، ہو رہے گا، اور جو کچھ ہوگا بہتری کے لیے ہوگا، آپ تو یہاں پناہ لینے سے نہیں ڈریں؟" میں نے کہا۔ "جس قوم کے بیٹے آپ ہیں اسی قوم کی میں بھی بیٹی ہوں، نڈر بھائیوں کی بہنیں بھی نڈر ہوتی ہیں۔" دکاندار خوش ہو گیا۔ بولا: "سبحان اللہ — سبحان اللہ جب سر ہتھیلی پر رکھ لیا جائے تو کوئی ڈر پاس نہیں پھٹکنے پاتا۔ مسلمان تو موت کو ڈھونڈتا پھرتا ہے مگر موت اس سے ڈرتی اور سامنے آنے سے گھبراتی ہے!" یہ سن کر بے اختیار میرے منہ سے نکلا؎

خطر پسند طبیعت کو سازگار نہیں
وہ گلستاں کہ جہاں گھات میں نہ ہو صیاد

میں حیران ہوں — کہ اقبال نے اپنی قوم کے مزاج کو کس طرح پہچانا تھا۔ ہوائی خطرہ ختم ہونے کا سائرن بجا تو ہم باہر نکل آئے، جو کچھ خریدنا تھا میں نے خریدا اور دلی خلوص سے ایک دوسرے کو مسکرا کر خدا حافظ کہا۔ کار میں بیٹھی تو ڈرائیور نے بتایا کہ وہ پان کھانے کے لئے کسی دکان پر چلا گیا تھا۔ میں نے حیران ہو کر پوچھا "سائرن کے بجنے پر تم کسی پناہ گاہ

میں نہیں گئے ؟ ڈرائیور بولا "جی نہیں، پان کھانے چلا گیا تھا، موت سے کیا ڈرنا !" مجھے پھر اقبال کا ایک مصرع یاد آگیا ؎

تیغوں کے سائے میں ہم پل کر جواں ہوئے ہیں

کار چلی جا رہی تھی، مگر میں کچھ اور سوچ رہی تھی۔ مجھے وہ زمانہ یاد آگیا جب بھارت نیفا میں چین سے لڑ رہا تھا۔ ان دنوں مجھے اپنے بعض رشتہ داروں سے ملنے کے لئے دہلی جانے کا اتفاق ہوا۔ عجب سماں تھا — اور عجیب حالت تھی وہاں کی ! سینکڑوں میل دور لڑائی — مگر خوف کے مارے دہلی کے ہندو دکانداروں کا یہ حال تھا کہ صبح کے وقت شاید اپنی لچھمی دیوی کے روٹھ جانے کے خیال سے دکانیں تو کھول لیتے مگر دوپہر ہی کو بند کر کے دھوتی سنبھالتے ہوئے گھر کی راہ لیتے۔ شہر پر ایک عجیب ویرانی اور ہول برسنے لگتا۔ میں اپنے رشتہ داروں کے ساتھ حالات کا مطالعہ کرنے کے لئے ہر روز باہر جاتی اور ہر روز یہی دیکھتی کہ جس دکان میں جاتی اس میں ایک دیا جلتا ہوا دکھائی دیتا۔ سامنے ایک مورتی رکھی ہوتی، اس کے آگے دکاندار ہاتھ جوڑے بیٹھا نا معلوم منہ ہی منہ میں کیا بول رہا ہوتا۔ میں نے کئی دکانداروں کی یہی حالت دیکھی۔ آخر ایک دکان پر جا کر میرے رشتہ دار نے کئی دفعہ لالہ جی، لالہ جی کہہ کر دکاندار کو مخاطب کرنے کی کوشش کی۔ تھوڑی دیر میں آواز لالہ جی کے کان تک پہنچی۔ وہ چونکے، مڑ کر دیکھا، تو رنگ ہلدی کی طرح پیلا، آنکھوں میں دہشت۔ ہم نے پوچھا "کیا ہوا ؟" کانپتے ہوئے ہونٹوں سے کوئی جواب نہ نکل سکا۔ ہاتھ ہلا کر صرف اتنا کہا "چین !" اور پھر مورتی کے آگے ہاتھ جوڑ کر سر جھکا دیا۔

میں حیران تھی کہ چین تو بھارت کے دوسرے سرے پر ہے اور اپنے بمبار ہوائی جہاز بھی استعمال نہیں کر رہا۔ پھر چین نے ان کی چیں ابھی سے کیوں بلوا دی ؟ یہ تو قبل از وقت واویلا ہو گیا ! ڈرپوک قوم کے اس قابلِ رحم سپوت کو دیکھ کر ہم سب کو بڑی ہنسی آئی۔ آج میں اپنے وطن کے دلیروں سے بھارت کے ان ڈرپوکوں کا مقابلہ کرتی ہوں تو خیال آتا ہے اس

ہندو قوم کو اگر کسی دوسرے ملک سے سامانِ جنگ کی بھیک مل بھی گئی تو اس کا کیا کرلیں گے؟ ان کی مسلح افواج کے سامنے نہتے پاکستانی بہت کافی ہیں۔ کیونکہ ؎

مومن ہے تو بے تیغ بھی لڑتا ہے سپاہی

بازار سے چیزیں خرید کر آج دوپہر میں گھر پہنچی تو سب پناہ گاہ میں بیٹھے تھے۔ معلوم ہوا کہ سائرن بج رہا ہے۔ اگرچہ جی نہیں چاہتا تھا مگر مجبوراً مجھے بھی پناہ گاہ میں جانا پڑا ورنہ نعیم بُرا مان جاتے۔ نعیم طاہر سائرن بجتے ہی گھر کے سارے افراد کو لمحہ بھر میں اکٹھا کر کے پناہ گاہ میں لے جاتے ہیں۔ انھوں نے آرٹ کونسل میں دفاعی تربیت کی کلاسیں کھول رکھی ہیں اور بڑی سختی سے ان پر کاربند ہیں اور بڑی پھرتی سے پناہ گاہ میں جاتے ہیں، مگر امتیاز اسی سُستی سے پناہ گاہ کی طرف بڑھتے ہیں۔ اوّل تو وہ اپنی مشغولیت میں سائرن سُنتے ہی نہیں اور جب ہم میں سے کوئی بتاتا ہے کہ سائرن بج رہا ہے تو انھیں یقین نہیں آتا اور جب بڑی مشکل سے یقین آتا ہے تو اس اثنا میں خطرہ ٹل چکا ہوتا ہے۔ چنانچہ اس وقت بھی وہ کمرے میں موجود نہ تھے اور ہم سب انھیں ڈھونڈ رہے تھے۔ اس پر مجھے ایک دلچسپ قصہ یاد آگیا۔ جسے میں نے سب کو سُنایا۔ دوسری جنگِ عظیم کے زمانے میں ایک دفعہ ہوائی حملے کا سائرن بجا تو برطانیہ کا سارا شاہی خاندان پناہ گاہ میں مجتمع ہوگیا مگر اس میں شہزادی مارگریٹ موجود نہ تھیں۔ سپاہی نے چلانا شروع کیا کہ شہزادی کو فوراً پناہ گاہ میں لے آؤ۔ مارگریٹ کی خادمہ نے جواب دیا: "شہزادی کے فراک کا ہمرنگ کوٹ نہیں مل رہا۔ تلاش کر رہی ہوں ملتے ہی اسے پہنا کر انھیں پناہ گاہ میں لے آؤں گی۔"

آجکل کی راتیں جہنم کی سی تاریک ہیں اور توپیں آگ اُگل رہی ہیں۔ آسمان پر بس یہی ایک روشنی نظر آتی ہے۔ کانوں کے لئے موسیقی توپوں اور گولوں کی ہے اور کبھی کبھی فائرنگ کی، لیکن مونتیا کے پھول اب بھی کِھلتے ہیں۔ میرا پائیں باغ اور میرے کمرے اس کی ہوشربا نکہتوں سے اب بھی مہکتے ہیں۔ دُنیا میں پھولوں کی خوشبو سے زیادہ اور کوئی نعمت

نہیں ـــ جنگ کے زمانے میں انھیں کی معطّر لپٹیں سکونِ اعصاب کا باعث بنتی ہیں یہی وجہ ہے کہ میں صبح صبح انھیں توڑ کر گھر کے سارے کمروں میں رکھتی ہوں پھر غور سے دیکھتی ہوں ہوا کا رُخ کدھر کا ہے۔ ہوا کے جھونکے ان پر سے گزر کر آتے ہیں یا نہیں تا کہ ان کی خوشبو سارے گھر میں پہنچائیں۔

آج دوپہر لیڈی ذ کا طول طویل خط ایبٹ آباد سے آیا۔ وہ لاہور کی مزاج پُرسی کر رہی تھیں۔ میں نے لکھا ہم سب یہاں بڑے مزے میں ہیں۔

آج میری ایک بلّی کا پیٹ پھولا ہوا ہے۔ دوپہر کے کھانے پر اُس نے گوشت اسقدر کھا لیا تھا کہ میں انگشت بدنداں رہ گئی تھی۔ اس کے آگے میں نے ایک گیند ڈال دیا ہے تا کہ وہ اس سے کھیلے اور اپنی غذا ہضم کر سکے۔

۱۴

۱۹ ستمبر ۶۵ء

یہ ۱۹ ستمبر کی رات ہے۔ میں حسب معمول موم بتی جلائے روزنامچہ کھولے بیٹھی ہوں۔ یہ میرے وطن عزیز میں جنگ کی چودھویں رات ہے۔ جنگ اپنے پورے سازوسامان کے ساتھ جاری ہے۔ مگر بھارتی ہوائی حملے کم ہو گئے ہیں۔ ہماری فضائیہ کے شاہین صفت ہوا بازوں نے بھارتی فضائیہ کی کمر توڑ ڈالی ہے۔ آج دن بھر کوئی سائرن نہیں بجا۔ جب بھی دشمن کے بمبار طیارے ہمارے سروں پر اُڑتے ہیں تو یوں معلوم ہوتا ہے جیسے ایک سراسیمگی کے عالم میں بھاگ رہے ہوں۔ ان کی آواز سُن کر میں سوچا کرتی ہوں یہ زنّاٹا اور یہ غل محض جہازوں کا ہے اس میں بیٹھنے والے ہوا باز بھارتی ہیں اور آسمان — پاکستان کا آسمان ہے۔ ڈرپوک بھارتی ہوا بازوں کے دل اپنے جہازوں میں مارے خوف کے دھک دھک کر رہے ہوں گے۔ ان کے ہوا بازوں کے نشانے ہمیشہ خطا جاتے ہیں۔ ان کے بم اکثر ناکارہ نکلتے ہیں۔ وہ لاہور کا بال بھی بیکا نہ کر سکیں گے جس قوم نے یونس حسن جیسا شاہین دل ہوا باز پیدا کیا — ایسا

دلاور بیباک اور جری ہوا باز جس نے ہوائی جنگ میں بے مثال شجاعت سے کام لے کر جامِ شہادت نوش کیا وہ دشمن کے کسی طیارے کی گڑگڑاہٹ کو خاطر میں لا سکتی ہے؟ اس شیر دل شاہین کو اس کی رحلت کے بعد ستارۂ جرأت ملا اور جب اس شہید کے ضعیف باپ نے اپنے بیٹے کی خبرِ شہادت سُنی تو صرف اِتنا کہا "افسوس میرا کوئی دوسرا بیٹا نہیں جسے میں پاکستان پر قربان کر سکتا۔ یونس میرا اکلوتا بیٹا تھا — !" اسی بہادر قوم کا جانباز بیٹا فلائٹ لفٹیننٹ سیف اللہ شہید تھا۔ یہ نوجوان پاک فضائیہ کا وہ عظیم ہوا باز تھا جس نے سری نگر، پٹھانکوٹ اور ہلواڑہ کے ہوائی اڈوں پر قیامت خیز بمباری کر کے انھیں تباہ کر ڈالا اور دشمن کے ہوش اُڑا دیئے تھے۔ فضائے بسیط پر دشمن کا جو بھی بمبار طیارہ اسے دکھائی دے جاتا وہ اسے منٹوں میں مار گراتا۔ ان کی شہادت پر ان کی محترمہ ماں نے اخبار نویسوں سے کہا "سیف اللہ میرا اکلوتا بیٹا اور میرے بڑھاپے کا واحد سہارا تھا، مگر پاکستان کے لئے میں ایک سیف اللہ تو کیا سینکڑوں سیف اللہ قربان کر سکتی ہوں — !" شہید کی ماں کا یہ بیان سُن کر ساری قوم کی آواز اُٹھی زندہ باد! مسلمان قوم کی شیر دل ماؤں — زندہ باد!

آج کل میرے ہاں صبح کے ناشتے پر بڑی رونق ہوتی ہے۔ شب خوابی کے لئے جو عزیز ہمارے ہاں آتے ہیں وہ چائے کے بعد اپنے گھروں کو چلے جاتے ہیں۔ ان کے جانے کے بعد تمام دن سناٹا رہتا ہے۔ شام آتی ہے تو اپنے ساتھ بلیک آؤٹ، کرفیو، توپوں کی گھن گرج، گولوں کی چمک دمک کبھی کبھی ہوائی حملے کے سائرن کی ہولناک ہوک کا ہنگامہ ساتھ لاتی ہے۔ زندگی کی یہ راتیں یاد رہیں گی — ویسے بہت مبارک دن ہیں، ساری قوم جاگ اُٹھی ہی ہے۔ دشمن سے نبرد آزما ہونے کے لئے ان دنوں وطن کا ایک ایک فرد سدھا سدھایا سا معلوم ہوتا ہے۔ خواہ مرد ہو یا عورت، بچہ ہو یا بوڑھا، لڑکا ہو یا لڑکی، سیاسی لیڈر ہو یا مفکر اور فلسفی، ادیب ہو یا کوئی فنکار، سب کے سب جیسے تاک میں بیٹھے ہوں کہ کب موقع ملے اور وہ اپنا فرض ادا کرنے کے لئے دشمن پر پل پڑیں۔ سارے سیاسی اور مذہبی اختلافات

اور سارے مناقشے آنِ واحد میں ختم ہو گئے۔ جب مادرِ وطن پر آنچ آئی تو سارے پاکستانی خواہ کسی مکتبِ فکر سے تعلق رکھتے ہوں — عیسائی ہوں یا پارسی یا مسلمان سب ایک بن گئے۔ سب کا نظریہ ایک، سب کا مقصد ایک، سب کی آرزو ایک، کہ وہ مادرِ وطن پر فدا ہو جائیں۔

آج صبح اختر مبین خدا حافظ کہنے آئے تھے۔ دوپہر کے کھانے پر میں نے روک لیا تھا۔ مع زیبا کے وہ کل لندن واپس جانے کا قصد رکھتے ہیں، مگر اُمید نہیں پڑتی کہ انھیں روانگی کی اجازت مل جائے۔

۱۵

۲۰ ستمبر ۶۵ء

یہ ۲۰ ستمبر کی رات ہے۔

موم بتی جل رہی ہے اور میرے آگے روزنامچے کے اوراق بکھرے ہوئے ہیں۔ آج صبح کے وقت ریڈیو کے لئے لکھتی رہی۔ لیڈی ’ذ‘ کا طویل خط ایبٹ آباد سے آیا۔ میں خط لکھنے کی سخت چور ہوں۔ صبح کی چائے پیتے ہی امتیاز اور نعیم طاہر ماڈل ٹاؤن ڈاکٹر عباس علی کے ہاں چلے گئے۔ وہاں سارے رشتہ دار اختر اور ان کی ہسپانوی نژاد زیبا کو خدا حافظ کہنے اکٹھے ہوئے تھے۔ اختر آج لندن کے لئے کراچی روانہ ہو رہے ہیں۔ میں تمام صبح اوپر کی منزل میں بائیں باغ کی برساتی پر بیٹھی لکھتی رہی۔ یاسمین، بچے اور بلیاں تمام صبح ریڈیو کے پاس رہے۔ زندگی میں ریڈیو اتنا کبھی نہ سنا ہوگا۔ غروب آفتاب کے بعد تو ہم سب کے ہاتھوں میں ٹرانسسٹر ہوتے ہیں۔

آج زندگی میں عجیب نظارہ دیکھا اور میرے ساتھ لاہور کے سارے شہریوں نے دیکھا۔ دوپہر

ڈھلنے کے بعد کوئی سوا تین بجے ہوں گے۔ میں اپنے کمرے میں بیٹھی بانگِ درا دیکھ رہی تھی امتیاز اپنے کمرے میں لیٹے کچھ لکھ رہے تھے۔ یکایک آسمان پر فائرنگ کی آوازیں آنے لگیں اور یوں معلوم ہوا جیسے ہوا میں گولے چھوٹ رہے ہیں۔ میں لپک کر پائیں باغ کے اوپر کی برساتی میں نکل آئی تو دیکھا کہ چار ہوائی جہاز آپس میں بڑے زور کی فائرنگ کرتے ہوئے ہماری چھت کی طرف آرہے ہیں۔ نیچے پائیں باغ میں سارے ملازمین کھڑے تماشا دیکھ رہے تھے۔ بیرے نے مجھے دیکھ کر کہا کہ کئی ہوائی جہاز آرہے ہیں۔ میری سمجھ میں کوئی بات نہ آئی یہ کیا ہو رہا ہے۔ امتیاز اب بھی اطمینان سے لیٹے کچھ لکھ رہے تھے۔ میں نے انھیں فوراً نیچے اُترنے کو کہا تو کہنے لگے "! جنگ کے دنوں میں یوں ہوتا ہی رہتا ہے۔" میں نے کہا یہ تو ہوائی جہاز فائر کر رہے ہیں، بمشکل میں انھیں نیچے اُتار لائی۔ یاسمین اس ہوائی جنگ کی فائرنگ سُن کر پہلے ہی اپنے کمرے کے دریچے سے باہر جھانک رہی تھیں۔ میں نے اپنی زندگی میں ایسا منظر کبھی نہ دیکھا تھا۔ کچھ دیر بعد سائرن بجنے لگا اور اینٹی ایئر کرافٹ گن کی فائرنگ کی خوفناک آوازیں شروع ہو گئیں۔ بعد میں معلوم ہوا کہ اس فضائی جنگ کا زندہ دلانِ لاہور نے دل کھول کر لطف اُٹھایا اور دشمن کے جہاز کو گرتے ہوئے اور اس میں سے دھوئیں کے خوفناک بادل اُٹھتے ہوئے دیکھے۔ یہاں کی تماشہ بینی کی شوقین مخلوق دکانوں، گھروں اور کمروں سے باہر اُبل پڑی اور تالیاں بجا بجا کر اور نعرے لگا لگا کر آسمانی جنگ کا جوش و خروش اور بڑی زندہ دلی سے خیر مقدم کرنے لگی۔ سارے ملازم، شاگرد پیشے سے باہر نکل آئے اور من گھڑت قصے سُنانے لگے۔ شام پڑتے پڑتے لاہور میں اس عجیب و غریب فضائی جنگ کے چرچے اور اس پر تبصرے ہونے لگے اور اپنے جیالے ہوا بازوں کی بہادری پر واہ وا ہونے لگی۔ بھارتی طیارے بڑے زور و شور کے ساتھ بمباری کرنے آئے تھے۔ ہمارے دلیر شاہینوں کی گولیوں کا نشانہ بن گئے۔ ایک کو گرا لیا اور دوسرے کو شکستہ کر دیا جو جہاز بڑے دعوے کے ساتھ لاہور کو تباہ کرنے کی نیت سے لاہور کے آسمان پر آئے تھے۔ چند منٹوں بعد لاہور کی زمین پر ان کے شکستہ ٹکڑے پڑے ہوئے تھے۔ ان ٹکڑوں کو منٹوں کے اندر شہریوں نے اُٹھا لیا اور سارے گلی کوچوں

میں ان ٹکڑوں کی نمائش ہونے لگی۔ ہمارے ہوا بازوں نے کہا کہ لاہور کے شہریوں کی تماشہ بینی کا شوق ہمارے لئے وبال جان بن گیا۔ اگر نیچے ان کا جم غفیر تماشہ دیکھنے جمع نہ ہو جاتا تو ہم دوسرے جہاز بھی گرا لیتے۔ ہماری بہادر فضائیہ کا یہ کارنامہ سنہری حروف میں لکھنے کے قابل ہے۔ سنڈے مرر' لندن نے ہماری فضائیہ کے متعلق مسلسل کارناموں کو دیکھ کر لکھا ہے:

"پاکستانی ہوا بازوں نے ہندوستان کے قلب میں دور اندر جا کر انبالہ جیسے اہم فوجی اڈے کو آگ میں جھونک کر یہ ثابت کر دیا کہ پاکستانی ہوا بازوں کو صرف پاکستانی فضائیہ پر ہی نہیں —— بلکہ ہندوستانی فضائیہ پر بھی قبضہ اور برتری حاصل ہے۔"

شام کو اس زبردست ہوائی جنگ کا نظارہ ختم ہوا میں نے بلیک آؤٹ سے پہلے پہلے ریڈیو کے لئے اپنے مضامین مکمل کئے اور بھیج دیئے۔

رات کا ایک بج گیا ہے۔ میری موم بتی ختم ہو رہی ہے مگر رات اپنے پورے جنگی سازوسامان کے ساتھ جلوہ گر ہے۔ آسمان پر تاروں کی آگ دمک رہی ہے اور لاہور کی شمال مشرقی سرحد کا آسمان ہماری توپوں کے گولوں سے رہ رہ کر دمک اٹھتا ہے۔ عجیب راتیں ہیں اور عجیب دن! آجکل مجھے رہ رہ کر یورپ کی جنگ کے دن اور راتیں یاد آتی رہتی ہیں جب میں جنوب بعید کے ایک ساحلی شہر میں مقیم تھی اور اکثر خطرے کا سائرن بجتا تھا اور سنگاپور کے راستے سے دشمن کی بمباری کا اندیشہ لاحق رہتا تھا۔ اس زمانے میں طبیعت بیزار سی رہتی تھی مگر آج یہ بات نہیں۔ بیزاری تو کیا محسوس ہوتی ایک ولولہ سا طبیعت میں موجود رہتا ہے۔ وہ جنگ غیروں کی جنگ تھی، یہ جنگ اپنے ملک، اپنی قوم اور اپنے وطن کی جنگ ہے۔ اس جنگ میں لڑنے والے ایک ایک سپاہی سے ہماری جذباتی وابستگی ہے۔ ہمیں زمین کے اس ایک ایک بالشت ٹکڑے سے محبت ہے جسے ہمارے جانباز فتح کر رہے ہیں۔

موم بتی بجھ گئی —— مگر میرے قلم میں اب بھی سیاہی بھری ہوئی ہے۔

۱۶

۲۱ ستمبر ۶۵ء

یہ اکیس ستمبر کی رات ہے۔

موم بتی جل رہی ہے اور میرے خیالات سلگ رہے ہیں۔ یہ میرے وطن عزیز میں جنگ کی پندرھویں رات ہے۔ جنگ بندی کے لئے سلامتی کونسل کے ارکان میں صلاح مشورہ جاری ہے۔ ساری قوم کی آنکھیں اقوام متحدہ کی طرف لگی ہوئی ہیں اور ساری قوم اپنے محبوب صدر کی آواز سننے کے لئے بے چین ہے کہ وہ کیا بولتے ہیں۔ وہ جو کچھ کہیں گے ساری قوم اُن کی ہم زبان ہو جائے گی۔ آج کل کسی کام میں دل نہیں لگتا۔ بار بار سوچنے لگ جاتی ہوں کہ یہ جنگ اگر ختم ہو گی تو کن شرائط پر ہو گی — ! اور اس کا پاکستانی افواج اور پاکستانی عوام پر کیا اثر پڑے گا، جبکہ انھوں نے زندگی اور موت کو بھول کر اپنی محبوب ترین متاع کی حفاظت کی ہے کھیم کرن کی زبردست خون ریز جنگ جہاں ہمارے جیالے سپاہیوں نے خون کی سُرخ بارش میں دیوانہ وار حملہ کر کے دشمن کے ہوش اُڑا دیئے اور جہاں ہمارے بریگیڈیر شامی شہید

ہوئے اور پھر معرکہ سیالکوٹ کے بعد عوام کے کیا جذبات ہوں گے اور وہ کسی فیصلے کو کس رنگ میں قبول کریں گے ؟ جب اس ہولناک جنگ کا مورخ لکھنے بیٹھے گا تو وہ شیردل شہریوں کا ذکر بھی اسی جوش و خروش سے کرے گا جیسا پاکستان کی اعلیٰ تربیت یافتہ فضائیہ بحریہ اور میدانی افواج کا کرے گا۔ تاریخ کے صفحات پر ستاروں کی طرح کتنے ہی نام جگمگا اٹھیں گے کتنے ہی طارق بن زیاد اور خالد بن ولید ابھر آئیں گے مگر ہماری آئندہ تاریخ طارق و خالد کے ساتھ اب پاکستان کے جانبازوں کا نام مثال کے طور پر پیش کیا کرے گی۔ شجاعت کے موقعوں پر اب ہم آئندہ اپنے عزیز بھٹی، شامی، عباسی، طفیل، خادم حسین، سرور اور ایسے بیسیوں شہیدوں کے کارنامے اپنے بچوں کو سنائیں گے اور فخر محسوس کریں گے۔ ! ؎

کوئی اندازہ کر سکتا ہے اس کے زورِ بازو کا
نگاہِ مردِ مومن سے بدل جاتی ہیں تقدیریں

سیالکوٹ کے شہریوں نے پاکستان کی تاریخ میں جرأت و شجاعت کے جس عظیم باب کا اضافہ کیا ہے اس کی نظیر دنیا میں کم ملتی ہے۔ وہاں کے شہریوں کے عزم و مردانگی کا یہ عالم ہے کہ ادھر بمباری ہو رہی ہے، گھر، عمارتیں اور بازار کھنڈر بن رہے ہیں اور اُدھر لوگ اپنے گھروں اور اپنی دکانوں کی تعمیر میں لگ گئے ہیں۔ بھارتی سفاکوں نے نہتی شہری آبادی پر گولہ باری کی، مشین گنوں سے فائرنگ کر کے انھیں تباہ کیا مگر وہاں کے شیردل شہریوں نے ایک پل کو ہمت نہ ہاری۔ اس بے مثال شجاعت کا غیر ملکی اخبار نویسوں نے عینی مشاہدہ کیا اور عش عش کر اٹھے۔ اُنھوں نے دیکھا کہ وہاں کے لوگ تباہ شدہ گھروں اور عمارتوں کے ملبے پر کھڑے پاکستان زندہ باد اور صدر ایوب زندہ باد کے نعرے لگا رہے تھے۔ غیر ملکی اخبار نویسوں کی آنکھیں حیرت سے کھلی کی کھلی رہ گئیں۔ اخبار نویسوں نے وہ تاریخی گھر بھی دیکھا جس میں شاعرِ مشرق اقبالؔ پیدا ہوا تھا۔ اس کے قریب ہی وہ سکول بھی دیکھا جس میں اس فلسفی شاعر نے ابتدائی تعلیم حاصل کی تھی۔ سکول کی عمارت پر بھی جاہل بھارتیوں کی بمباری کے نشان

موجود ہیں! ٹینکوں کی عظیم جنگ والے اس شہر میں آج بھی وہاں کے بہادر شہری اپنے معمولاتِ زندگی کو خاطر جمعی سے اُدا کر رہے ہیں۔ یہ اس بہادر قوم کی بیٹیاں اور بیٹے ہیں جو تیغوں کے سائے میں پل کر جواں ہوئے ہیں اور جانتے ہیں کہ خنجر ہلال کا ہے قومی نشاں ہمارا۔ یہی وجہ ہے کہ میدانِ جنگ بننے کے باوجود سیالکوٹ کے بازاروں میں اب بھی وہی چہل پہل ہے اور دکانیں کھلی ہوئی ہیں۔ عورتیں بازاروں میں سودا سلف خریدتی نظر آتی ہیں۔ کاریگر اپنے کام میں مصروف ہیں اور حلوائیوں کی دکانیں تازہ بنی ہوئی مٹھائیوں سے بھری ہوئی ہیں۔ محاذ پر جاتے ہوئے جب ہمارے جیالے فوجی بازاروں میں سے گزرتے ہیں تو دکاندار بے اختیار اُٹھ کھڑے ہوتے ہیں اور ان کے آگے مٹھائی کی تھیلی پیش کرتے ہیں اور سرحدوں کے ان محافظوں کو سارا بازار پاک فوج زندہ باد ـــــ اور یا علی یا علی کے فلک شگاف نعروں کا نذرانۂ عقیدت پیش کرتا ہے۔ پاکستان کے شیر دل شہریو! تمہیں دیکھ کر قرونِ اولیٰ کے مسلمانوں کی یاد تازہ ہو جاتی ہے جن کا ذکر ہم کتابوں میں پڑھا کرتے اور فخر محسوس کیا کرتے تھے۔ مسلمان قوم آج بھی اپنے اسلاف کے نقشِ قدم پر گامزن ہے اور عجب نہیں کہ انھیں پیچھے چھوڑ کر آگے نکل جائے۔

کل کی ہوائی جنگ کے بعد آج کا دن مکمل چین سے کٹا کوئی سائرن نہیں بجا۔ سچی بات یہ ہے کہ ہوائی حملے کے سائرن سے لاہور کا کوئی شہری کبھی نہیں ڈرا۔ بلکہ عین حملے کے وقت وہ باہر نکل کر بے فکری سے آسمانوں کی سیر کرنے لگ جاتا ہے۔ قومی دفاع کے کارکنوں کو شکایت ہے کہ عین خطرے کے وقت سڑکوں پر ٹریفک یوں رواں دواں رہتی ہے جیسے امن کے دن ہوں۔ سائرن بج رہے ہیں اور لاہور کی سڑکوں پر کاریں، رکشا، گاڑیاں تیزی سے آ اور جا رہی ہیں۔ بازاروں میں لوگ آرام سے چہل قدمی کر رہے ہیں اور جب ان سے کہا جاتا ہے کہ ہوائی حملے کا سائرن بج چکا ہے اور بمباری کا اندیشہ ہے تو یہ لوگ سر اُٹھا کر دیکھتے اور مسکرا کر اپنے اپنے کاموں میں لگ جاتے ہیں۔ ان کا رویہ کچھ اس قسم کا ہوتا ہے کہ بمباری ہوتی ہے تو ہونے دو۔ ہم کیا کریں ـــــ جس ملک کی فضائیہ میں عالم جیسے ماہر و بیباک ہوا باز

موجود ہوں جس نے دشمن کے گیارہ بمبار طیارے گرائے اور پھر پانچ بمبار طیارے ایک ہی حملے میں گرا کر دنیا کا ریکارڈ توڑ ڈالا ـــــ اور جو دشمن کو فضا میں دیکھ کر اسے لاسلکی پیام کے ذریعے فضا ہی میں آگاہ کر دیتا ہے کہ "میں عالم ہوں ـــــ !" اور اس کی للکار پر بزدل بھارتی ہوا باز اپنے طیارے لے کر دُم دبا کر بھارت کی سرحد کی طرف بھاگ نکلتے ہیں۔ اس کی قوم موت اور بمباری سے کیونکر ڈرے ؟ ـــ کل لاہور کے آسمانوں پر جو زبردست ہوائی جنگ ہوئی تھی اسے رائٹر کے ایک خاص نامہ نگار جان چاڈوک نے بھی لاہور کے ایک ہوٹل کے لان میں کھڑے ہو کر دیکھا اور پاکستانیوں کی زندہ دلی کا قائل ہو گیا کہ عجیب قوم ہے فضا میں خوفناک ہوائی جنگ ہو رہی ہے۔ گولیاں برس رہی ہیں۔ ہوائی حملے کے سائرن بج رہے ہیں۔ انٹی ایر کرافٹ گن کی دھائیں دھائیں کا شور بلند ہے اور زندہ دلانِ لاہور ہنس ہنس کر لاہور کے آسمان پر ہوائی جنگ کا تماشہ ایک دوسرے کو دکھا رہے اور تالیاں بجا بجا کر لطف اندوز ہو رہے ہیں۔ اس موقع پر صدر ایوب کا مشہور فقرہ یاد آ رہا ہے :

"بھارت نہیں جانتا کہ اس نے کس قوم کو للکارا ہے !"

یہ سب کچھ ٹھیک ـــــ مگر مجھے ایک بات کا شدید احساس آج کئی دنوں سے ہو رہا ہے۔ توپوں کی گھن گرج اور طیاروں کی گردش نے خوش گلو پرندوں کی موسیقی ختم کر دی ہے۔ دن بھر کسی چڑیا کا نغمہ سُنائی نہیں دیتا۔ ڈیڑھ سال کی پُرانی بات ہے میں نے سوچ سوچ کر اپنے لکھنے کی میز دو دریچوں کے درمیان ایسی جگہ ڈالی جہاں سے گہرا نیلا آسمان بھی نظر آتا تھا اور وہ بلند و بالا خوبصورت درخت بھی ـــــ جس کی کھلی ہوئی آغوش میں چڑیوں کے نشیمن ہوتے تھے۔ اب یہاں کوئی چڑیا نہیں بیٹھتی ـــــ ! اب صحن گلستاں میں کسی پرند کے چہچہانے کی آواز نہیں آتی۔ کبھی خوفزدہ ہو کر سوچتی ہوں جنگ کے دوران میں یہ سارے موسیقار ہجرت تو نہیں کر گئے ؟ جب جنگ ختم ہو گی تو انھیں کیونکر معلوم ہو گا ؟ البتہ شوخ و طرار کوّے زندہ دلان لاہور کی طرح جنگ کو زندگی کا ایک حصہ سمجھ رہے ہیں۔

آج کل کے دن اور آج کل کی راتیں اقوام متحدہ کے فیصلۂ فائر بندی کی تفصیلات معلوم کرنے کے سلسلے میں بڑے شش و پنج میں گزر رہے ہیں۔ بھارت فائر بندی کے لئے بیتاب ہو رہا ہے مگر ـــــ ایشیا کا وہ جری سپاہی فیلڈ مارشل محمد ایوب خاں جسے پاکستان کا مفکر کہنا چاہئے اور جس پر ہزار ذمہ داریاں عائد ہوتی ہیں، ابھی تک گہری سوچ میں ہے۔ وہ فوجی اور سیاسی دونوں پہلوؤں پر وقیع نگاہ رکھتے ہیں۔ ان کی سوچوں کا حاصل ہمارا مستقبل ہوگا اور وہ وہی فیصلہ کریں گے جو پاکستانی قوم کے لئے بہتر ہوگا۔ ساری قوم اپنے رہنما کے ساتھ ہے اور ریڈیو پر ان کی آواز اور اپنی قسمت کا فیصلہ سُننے کی مشتاق !

۱۷

۲۲ ستمبر ۶۵ء

یہ بائیس ستمبر کا چمکیلا دن ہے۔

آج میرے سامنے موم بتّی نہیں ہے (وہ تو رات کو روشن ہوگی۔) بلکہ گہرے نیلے آسمانوں پر ایشیا کا گرم اور روشن نارنجی آفتاب جگمگا رہا ہے۔ یہ میرے وطنِ عزیز میں جنگ کا سترھواں دن ہے۔

شدید اضطراب کے باعث آج میں دن کے گیارہ بجے ہی اپنا روزنامچہ لکھنے بیٹھ گئی ہوں اور نہ جانے آج شام تک کتنی دفعہ رہ رہ کر لکھوں۔ کل شام سے صدر ایوب کی تقریر سُننے کے لئے سارا پاکستان ریڈیو کھولے منتظر ہے۔ مجھے اپنے صدر سے بڑی ہمدردی ہے۔ ان کا فیصلہ اور ان کی آواز سُننے سے پہلے ہی آج دو دن سے ریڈیو پر شہزاد احمد کہتے آئے ہیں ع

"صدر ایوب کی آواز ہماری آواز"

سلامتی کونسل نے آج دن کے بارہ بجے فائر بندی کے لئے کہہ دیا۔ لاہور کو چند گھنٹوں

ہیں فتح کرنے کے دعوے دار فائر بندی کے لئے بہت بیتاب نظر آتے ہیں۔ مگر صدر ایوب اس وقت تک چپ ہیں۔ انھوں نے اپنی فوجوں کو فائر بندی کا حکم نہیں دیا ہے اس لئے ہمارے لئے سلامتی کونسل کا حکم بے معنی ہے۔

پہلے اعلان ہوا تھا کہ گیارہ بجے صدر ریڈیو پر قوم سے خطاب کریں گے مگر اب اعلان ہو رہا ہے کہ وہ بارہ بجے بولیں گے۔ کل رات سے بازاروں، دکانوں، چوراہوں پر ریڈیو کے گرد اژدھام ہے۔ معلوم ہوتا ہے جیسے مسلح فوج اپنے سپہ سالار کے حکم کے انتظار میں کھڑی اپنی قسمت کا فیصلہ سُننے کے لئے بیتاب ہے۔

اس وقت بارہ بج کر دو منٹ ہو گئے ہیں۔ فائر بندی کا وقت ختم ہو چکا ہے۔ بارہ بجے بھی ریڈیو پر صدر ایوب کی آواز آنے کی بجائے اعلان ہو رہا ہے کہ اب ساڑھے بارہ بجے قوم سے خطاب کریں گے۔ میرے کان محاذ کی طرف لگے ہوئے ہیں کہ بارہ بجے کے بعد بھی کسی توپ یا گولے کی آواز آتی ہے یا نہیں طبیعت میں سخت انتشار ہے اور ایک جگہ بیٹھا رہنا وبال معلوم ہوتا ہے۔

اس وقت ساڑھے بارہ بج گئے —— اور صدر کی تقریر کی بجائے یہ اعلان ہوا کہ اب وہ ڈیڑھ بجے بولیں گے۔

ڈیڑھ بج گیا اور ریڈیو پر اعلان ہوا کہ صدر تین بجے بولیں گے۔

اس وقت تین بج گئے اور ریڈیو پر اعلان ہوا کہ صدر ساڑھے تین بجے بولیں گے۔

اس وقت پونے چار بج چکے ہیں۔ آخر فیلڈ مارشل محمد ایوب خان نے انتہائی دُور اندیشی کو ملحوظ نظر رکھتے ہوئے اور اپنی سیاسی و فوجی صلاحیتوں سے سوچ بچار کے بعد اپنی قوم کو مخاطب کیا اور دس کروڑ پاکستانیوں نے اپنے محبوب صدر کی آواز میں اپنی قسمت کا فیصلہ سُنا۔

صدر ایوب نے کہا:

میرے پیارے ہم وطنو! میں آپ سے ایک انتہائی اہم موقع پر ہمکلام ہو رہا ہوں

آج صبح ہم نے اقوامِ متحدہ کے سکرٹری جنرل کو مطلع کر دیا ہے کہ سلامتی کونسل نے ۲۰ ستمبر کو جو قرار داد منظور کی ہے وہ ناکافی اور غیر اطمینان بخش ہے تاہم میں نے بین الاقوامی امن کی خاطر اپنی فوجوں کو حکم دیا ہے کہ وہ ۲۳ ستمبر کو علی الصبح تین بجے سے دشمن پر اس وقت تک فائرنگ نہ کرے جب تک دشمن کی طرف سے اس پر گولی نہ چلائی جائے" —— اس کا یہ مطلب ہے کہ اگرچہ جمعرات کو تین بجے صبح سے فائرنگ بند ہو جائے گی مگر ہماری افواج فی الحال مورچوں پر ڈٹی رہیں گی —

صدر ایوب کی تقریر سُن کر جان میں جان آئی خصوصاً ان کے اس فقرے پر میری طرح شاید ساری قوم نے زندہ باد کہا ہوگا کہ ہمارے مورچے خالی نہیں ہوں گے بلکہ ہماری افواج جہاں ہیں وہیں ڈٹی رہیں گی — یہ فقرہ لکھتے ہی میں چونک پڑی ہوں —— امن پسند قلم کو بھی آمادۂ پیکار کے الفاظ لکھنے پڑ جاتے ہیں لیکن اس کا وقت اور اس کا صحیح موقع ہوتا ہے۔ اب اگر مورچے خالی ہو جائیں تو اتنی بڑی جنگ اور اتنی بڑی قربانیاں بے معنی ہو کر رہ جاتی ہیں —— اور دراصل بہادر پاکستانیوں کی یہ جنگ جنگِ امن ہے۔ دودھ کا جلا چھاچھ کو بھی پھونک کر پیتا ہے۔ ۱۹۴۸ء کی فائر بندی اور مورچوں کو خالی کر دینے والے تلخ تجربے نے ہمیں اب تک دکھوں میں مبتلا کر رکھا ہے۔

اب شام سر پر آ رہی ہے —— کرفیو، بلیک آؤٹ جاری رہے گا۔ البتہ توپیں شاید آج خاموش رہیں گی جن کی دھائیں دھائیں کی اب کانوں کو عادت سی پڑ گئی ہے۔ آج جذبات میں شاید انتشار سا ہے اور خیالات بھٹکتے ہوئے نکلے جا رہے ہیں۔ کچھ لکھنا محال ہو گیا ہے۔ آج رات صبح کاذب کا انتظار رہے گا —— دیکھئے آج کی رات کیسی کٹے۔

۱۸

۲۳ستمبر ۶۵ء

یہ ۲۳ ستمبر کی رات ہے۔

میں آج پورے سترہ دن بعد تیز برقی روشنی میں اپنا روزنامچہ لکھنے بیٹھی ہوں۔ مجھے موم بتی کی عادت پڑ گئی ہے۔ ارادہ ہو رہا ہے اسے بھی جلا کے سامنے رکھ لوں۔ آج صبح صبح یعنی صبح کاذب کے وقت تین بجے بھارت پاکستان کی سرحدوں پر فائر بندی ہو گئی ہے مگر فوجیں اپنی جگہ پر اس وقت تک ڈٹی رہیں گی جب تک اقوام متحدہ اپنے وعدے کے مطابق مسئلۂ کشمیر کا ہمارے نظریہ کے مطابق کوئی فیصلہ پیش نہ کرے گی۔ بغیر جنگ چھڑے کوئی سکون بخش قطعی فیصلہ ہو جائے تو دونوں ملکوں اور دونوں قوموں کے لئے بڑا مبارک ہوگا۔

کل رات ڈیڑھ بجے آخری دفعہ ہوائی حملے کا سائرن بجا تھا۔ کسی نے سُنا کسی نے نیند میں نہ سُنا۔ حسب معمول ہماری فضائیہ نے چند ہی منٹوں میں یہ خطرہ دور کر دیا۔ یہ سائرن

اس جنگ کا آخری سائرن تھا۔

سترہ دن بعد آج پہلا دن ہے کہ اطمینان سے صبح صبح غسل کر کے ناشتہ کیا ورنہ اکثر ایسا ہوا کہ ادھر نہانے کی نیت سے گئی ادھر ہوائی حملے کا سائرن شروع ہو گیا۔

آج رات کے ابتدائی حصے میں بلیک آؤٹ تھا۔ آٹھ بجے جب کہ ہم مکمل اندھیرے میں پائیں باغ کے برآمدے میں بیٹھے تھے کہ یکایک ٹیلی وژن پر اعلان ہوا کہ فوری طور پر تمام پاکستان میں بلیک آؤٹ ختم ہو گیا۔ پھر تھوڑی دیر بعد یہی اعلان ریڈیو پر بھی ہو گیا۔

نعیم طاہر نے نصف اعلان سُنا اور نصف سُننے کا ان میں صبر نہ رہا۔ وہ دَوڑ کر گئے اور سارے گھر اور باغ کو چراغاں کر دیا۔ دو ہفتوں کے طویل عرصہ کے بعد لمحہ بھر میں گھر بقعۂ نور بن گیا۔ ہماری روشن کوٹھی کو دیکھ کر باغ کی دیوار پر سے ایک پولیس کے سپاہی نے ٹوکا۔ بیرے نے اس سے کہا کس خواب خرگوش میں ہو بلیک آؤٹ ختم ہو گیا ہے۔

یاسمین کمرے میں تھیں، روشنیاں دیکھ کر کہنے لگیں جب تک کوئی اور روشنی نہ جلائے بجھا دیجئے۔ امتیاز نے ہنس کر کہا لاہور کو چراغاں کرنے کا سہرا ہم کیوں نہ اپنے سر باندھیں۔

غرض کوئی ان کی بات سُننے پر رضامند نہ ہوا۔ وہ بے حد متفکر تھیں اور نعیم طاہر وہ چراغ بھی جلانے میں مصروف تھے جو عام طور پر روشن نہیں کئے جاتے تھے۔ میں اس تمام کارروائی کے دَوران بے حد خوش تھی۔ نوکر غلطی سے اب تک ہاتھ میں ٹارچ جلائے پھر رہے تھے۔ ہم نے صحن باغ میں نکل کر نظر ڈالی۔ سڑکیں اب تک اندھیری تھیں مگر ریڈیو سٹیشن اور ٹیلی وژن سٹیشن کے چراغ منور تھے اور اس بات کے شاہد تھے کہ آج فائر بندی ہو گئی ہم چاہتے تھے کہ اطراف کی اور کوٹھیاں بھی روشن ہوں۔ پھر آہستہ آہستہ ایک ایک کوٹھی روشن ہونے لگی۔

ہم سب تیز روشنی میں خوش خوش کھانے پر بیٹھے۔ آج بھی بیرے نے حسب عادت کھانے پر سب سے پہلے گاجر کی سبزی پیش کی۔ یہ بیرے رمضان کی بہت ہی پرانی عادت ہے۔ کھانے والوں نے ناک سکیڑ کر مجھ پر اعتراض کیا۔

"آج آپ نے بریانی یا مُرغ کیوں نہ پکوایا؟"

"کس خوشی میں؟" میں نے پوچھا۔

"لاہور کے چراغاں کیے جانے کی خوشی میں۔" امتیاز یا نعیم نے کہا۔

میں نے کہا۔ "مجھے کیا معلوم تھا کہ حکومت کو چراغاں کرنے کا خیال رات کے ساڑھے آٹھ بجے آئے گا؟ —— مگر داد دیجئے میری ذہانت کی —— میں نے مُرغ ہی پکوائے ہیں یہ بیرے کی نوازش ہے کہ انھوں نے گاجر کی بھجیا سے کھانے کا آغاز کروایا۔" پھر بیرے صاحب مُسکراتے ہوئے گئے اور پینٹری سے مُرغ لے آئے۔

آج پہلی رات ہے کہ ہم سب اپنی اپنی خواب گاہوں میں اوپر نیچے کی منزلوں میں سوئیں گے۔ آج شب باشی کے لئے ہمارے ہاں کوئی مہمان نہ آئے گا۔ سب اپنے گھر چراغاں کریں گے۔

فی الحال تو جنگ رُک گئی ہے مگر یہ معلوم نہیں کہ کب تک کے لئے! آج پچھلے دو ہفتوں کی ساری باتیں یاد آ رہی ہیں اور ذہن پر خیالات کی وہ یورش ہے کہ اندیشہ ہے مجھے کئی دفعہ اپنے قلم میں سیاہی بھرنی پڑے گی۔ خیالات بھی مسلح افواج کی طرح اُمڈے چلے آ رہے ہیں۔ ایک لفظ لکھنے کی کوشش کرتی ہوں تو خیال اسے دھکیل کر کچھ اور لکھوا دیتا ہے تاہم میں اپنے بے ترتیب خیالات کو قابو میں لانے کی کوشش نہیں کروں گی بلکہ ان کے سامنے اپنے ہتھیار یعنی اپنا قلم ڈال دینے پر مجبور ہو گئی ہوں جو وہ مجھے لکھوائے لکھتی چلی جاؤں گی:

اس وقت صدر ایوب کی تقریر کے بعض حصے دماغ میں گشت کر رہے ہیں کل انھوں نے فرمایا:

"ہمیں ایک لمحے کے لئے بھی یہ نہیں بھولنا چاہئے کہ ہماری جدو جہد ختم ہو گئی ہے۔ مشرقی اور مغربی پاکستان میں ہر شخص کو تیار اور چوکس رہنا چاہئے۔

میں جس پوزیشن میں ہوں اس میں مجھے تمام فیصلے ملک کے مفاد کے پیش نظر کرنے پڑتے ہیں۔

کل تک تو کچھ اندازہ نہ تھا مگر آج صاف معلوم ہو رہا ہے کہ ساری قوم اپنے مفکر صدر کی ہم آواز ہے۔ انھوں نے آج کے نازک وقت میں جو فیصلہ قوم کے آگے انتہائی غور و خوض کے بعد پیش کیا ہے اس سے بہتر اور کوئی فیصلہ ناممکن ہوگا۔ انھوں نے ملک و قوم کی مخلصانہ خدمت کا حق ادا کر دیا۔

سترہ دن کی جنگِ عظیم میں یعنی ملک کے اس انتہائی نازک دور میں جس تحمّل، صبر اور دُور اندیشی سے اُنھوں نے قوم کی رہنمائی کی ہے اس کے لئے وہ ساری قوم کی طرف سے مبارکباد کے مستحق ہیں۔ یہ ہماری خوش قسمتی ہے کہ یہ جنگ اس زمانے میں ہوئی جب قوم کی سرپرستی صدر ایوب کر رہے ہیں۔ وہ گزشتہ تیس سال سے ایک ذمہ دار فوجی افسر رہے ہیں اور ۵۸ تک ہماری افواج کے سپہ سالار تھے۔

نیویارک ٹائمز نے ہمارے صدر کی تعریف میں لکھا ہے:

"پاکستان کے صدر ایوب نے اپنی فوجی صلاحیتوں، قومی ذمہ داری کے احساس اور اپنی خارجہ پالیسی سے دُنیا پر یہ ثابت کر دیا کہ وہ ایشیا کے ڈیگال ہیں۔

صدر ایوب ۱۹۲۶ء میں سینڈھرسٹ کالج میں داخل ہوئے۔ وہ پہلے ہندوستانی تھے جو کسی مہاراجہ کے بیٹے نہ ہونے کے باوجود اس کالج میں داخل ہونے کے لئے منتخب کئے گئے۔ دوسری عالمی جنگ میں وہ ان چند برطانوی فوجی افسروں میں سے ہیں جنہوں نے فوج کی کمان سنبھالی۔

قیامِ پاکستان کے بعد ۱۹۵۱ء میں ۴۴ سال کی عمر میں وہ پاکستانی افواج کے کمانڈر انچیف مقرر ہوئے۔ صدر بننے کے بعد انھوں نے قوم کو زرعی اصلاحات

کا تحفہ دیا، حکومت کو نئے سرے سے منظم کیا اور برائیوں کے انسداد کے لئے مؤثر اقدامات کئے۔

میں سوچتی ہوں حالیہ جنگ میں اس جری اور تجربہ کار سپاہی کی بجائے قوم کی قیادت کسی ناتجربہ کار اور غیر متحمل مزاج کے سپرد ہوتی تو آج اقوامِ عالم میں شاید ہمارا نام و نشان بھی باقی نہ رہتا۔ اس سلسلے میں خیال آتا ہے کہ جس طرح قوم کو ایوب جیسا بے مثال صدر نصیب ہوا اسی طرح اس اچھے رہنما یعنی ایشیا کے اس جری سپاہی فیلڈ مارشل محمد ایوب خاں کو قوم بھی اچھی ملی۔ ان سترہ دنوں میں ساری قوم کندن بن گئی ہے۔ ہر فرد نے خواہ وہ عیسائی ہو کہ پارسی یا مسلمان، اپنے آپ کو ایک پوری قوم تصور کر کے اپنے فرائض ادا کئے۔ بچپن سے سُنتے آئے تھے کہ جنگ اور مہنگائی لازم و ملزوم چیزیں ہوتی ہیں مگر ہمارے ہاں جنگ کے دوران میں اکثر چیزیں نسبتاً سستی رہیں۔ اناج کی افراط، پٹرول کی افراط، کپڑے کی افراط، سبھی نعمتیں پاکستانیوں کو میسّر رہیں۔

اس کی بنیادی وجہ پر غور کرتی ہوں تو یہی معلوم ہوتی ہے کہ غالباً اسمگلنگ کرنے والوں کو محسوس ہوا کہ ہم پاکستانی ہیں، جنگ کے موقع پر ہمیں اپنا یہ ناجائز دھندا ختم کر دینا چاہیے۔ پاکستان وہ عظیم قوم ہے کہ جس کے مجرم قیدی بھی دورانِ جنگ میں ایک سچے پاکستانی بن کر قوم کی صف میں آکھڑے ہوئے۔ اس کی مثال کسی تاریخ میں نہیں ملتی۔ شہری انتظامی کمیٹی کے لوگ سخت فکر مند تھے کیونکہ جنگی قیدیوں کی تعداد بڑھ رہی تھی اور ان کے لئے جگہ کی ضرورت تھی۔ فکر اس بات کا تھا کہ ہمارے جیل کے پرانے قیدیوں کو حفاظتی انتظام کے بغیر دوسری جگہ کس طرح منتقل کیا جائے تاکہ دشمن کے قیدیوں کے لئے جگہ نکالی جائے۔ جب ہمارے مجرم قیدیوں نے اپنے محکمے کی یہ تشویش دیکھی تو مجرموں نے افسروں کو یک زبان ہو کر یقین دلایا کہ آپ ہماری حفاظت کے لئے فکر مند نہ ہوں، ہم کہیں نہیں بھاگیں گے، صرف بتا دیجئے کہ ہم کہاں پہنچ جائیں، ہم خود پہنچ جائیں گے۔ چنانچہ تمام قیدی وعدے کے مطابق بغیر کسی کی نگرانی کے

مارچ کرتے ہوئے خود مقررہ جگہ پر پہنچ گئے اور دورانِ جنگ میں قیدی ہونے والے جنگی قیدیوں کے لئے جگہ خالی کردی۔ جب میں نے یہ حیرت انگیز خبر اخبار میں پڑھی تو مجرموں کی شرافت اور حب الوطنی کے جذبے کو دیکھ کر انگشت بہ دنداں رہ گئی۔ جنگ سے پہلے ہمارے شہرِ خوباں میں روزانہ چوریاں اور قتل و خون کی وارداتیں وقوع پذیر ہوتی تھیں مگر جنگ کے دَوران میں یہ تمام جرائم ختم ہو گئے۔

جی چاہتا ہے یہاں میں اپنے چوری پیشہ ہم وطنوں کو مخاطب کر کے کہوں کہ اے میرے وطن کے شریف طبیعت چورو! قوم تمہاری بھی شکر گزار ہے کہ تم نے جنگ کی اندھیری راتوں میں کسی کے گھر میں ناجائز طریق پر گھس کر اس کی کوئی چیز نہ چُرائی۔ تمہارا یہ احسان ہم ہمیشہ یاد رکھیں گے۔ اے چور بھائیو! اپنے وطن کی جنگ کے پُرآشوب زمانے میں تم نے اپنی شرافت کا ثبوت دیا۔ میری التجا ہے کہ اختتامِ جنگ پر اَمن کے خوشگوار زمانے میں بھی تم اپنا اخلاق بلند رکھو۔ اور یہ ثابت کر دکھاؤ کہ پاکستان وہ مقدّس ملک ہے جہاں رات کے وقت گھروں کے دروازے درِ اُمید کی طرح وا رہتے ہیں اور کسی قسم کے کسی جُرم یا چوری کی واردات نہیں ہوتی۔ تم نے دیکھا ہوگا جنگ کتنی ہولناک چیز ہوتی ہے' تم نے محسوس کیا ہوگا کہ چوری اور کمینگی کے مقابلے میں شرافت اور نیکی کا احساس کتنا سکون بخش اور کتنا لطیف ہوتا ہے۔ جنگ کے دوران تم نے جس شرافت کا ثبوت دیا امن میں اِسے نباہ کر دکھاؤ— میرے دل میں تمہارے خلاف بڑی بغاوت اور بڑی شکایات تھیں، جنگ سے بہت عرصہ پہلے — امن کے سہانے دنوں میں تم نے کئی دفعہ مجھے بہت دُکھ دیئے۔ بہت دُکھ!! ایک دفعہ میرا ریڈیو گرام لے اُڑے۔ ایک دفعہ گراموفون لے بھاگے۔ پھر گرم بہاروں کی ایک حسین صبح جبکہ میں بیٹھی لکھ رہی تھی میری آنکھوں میں خاک جھونکی اور میرے دیکھتے دیکھتے میرا ٹیبل فین لے کر ہوا ہو گئے۔ تم نے اسی پر اکتفا نہیں کی۔ ہائے تمہارا چوتھا وار بہت کاری تھا۔ میرا نیلم اور موتی کا گلوبند، نیلم کے کڑے اور نیلم کے جھمکے، موتی اور یاقوت کا ہار، سونے کی مالا،

جڑاؤ بروچ ۔ سب کچھ ہضم کر گئے۔ مگر دورانِ جنگ میں تمہاری شرافت دیکھ کر یہ سارے گلے ڈھل گئے، اور میں تمہیں اپنی قوم کے ایک ضمیر رکھنے والے فرد سمجھنے لگی ــــ فرصت کے لمحوں میں بیٹھ کر سوچو ــــ اس زمین و آسمان کے درمیان چوری کے علاوہ بھی کمانے کے کئی ڈھنگ ہیں۔ مت بھولو کہ تم پاکستانی ہو، اور اس بہادر قوم کے بیٹے ہو جس نے نشانِ حیدر پانے والے عظیم شہیدوں کو جنم دیا۔ تم بھی اس خاکِ پاک کے فرزند ہو ــــ ان شہیدوں کے نقشِ قدم پر چل کر تم بھی مردانِ وقت کی صف میں کھڑے ہو سکتے ہو۔

آج کے اخبار میں ہماری بہادر افواج کے ان جانباز غازیوں کے ناموں کی طول طویل فہرست نکلی ہے جنہیں صدر ایوب نے ہلالِ جرأت، ستارۂ جرأت اور تمغہ جات عطا کئے ہیں۔ انعام یافتہ ناموں میں شہدا، کے اسمائے گرامی بھی ہیں جو اپنے وطن پر قربان ہو کر لافانی ہو گئے۔

اس وقت ریڈیو پر ایک بہت ہی پیارا قومی نغمہ بج رہا ہے، جسے اخبار کی ایک تازہ خبر بھی کہا جا سکتا ہے حقیقت یہ ہے ہمارے جیالے سپاہیوں کی طرح ہمارے شاعر بھی مردانِ وقت کہلائے جانے کے مستحق ہیں۔ پاکستانی شاعروں نے اپنی بہادر بحریہ، جانباز فضائیہ اور اپنی صف شکن میدانی فوجوں کے بے مثال کارناموں کو ساری قوم تک پہنچایا ہے۔

ہمارے شاعر تو نیوز ایجنسی کے پھرتیلے کارندے معلوم ہوتے ہیں۔ صبح اخبار میں جو تازہ خبر چھپتی ہے وہ شام تک نغمہ بن کر ہمارے گلوکاروں کی آواز میں ڈھل جاتی ہے اور سارے پاکستان میں گونجتی ہوئی قوم کے کانوں میں رس انڈیل دیتی ہے ــــ موسیقی کے ہدایت کاروں نے ایسی دُھنیں بنائیں کہ ایک دُنیا جھوم اُٹھی۔ کسی نے سچ کہا کہ پاکستانی فوجوں کے پیچھے ساری قوم سینہ تانے دشمن کے مقابلے کے لئے کھڑی رہی۔

آج جنگ کے اختتام پر آنکھیں اپنے شہدائے وطن کو ڈھونڈ رہی ہیں۔ وہ کہاں سے آئے اور کہاں چل دیئے؟ یہ عظیم لوگ اس شمع کے پروانے تھے جسے حسینؑ کے مبارک ہاتھوں نے روشن کیا تھا۔ وہ زندگی کی تاریکیوں میں سے نمودار ہوئے اور حسینؑ کی شمعِ ہدایت کا طواف

کرکے اپنی مقدس خاک کو زندۂ جاوید بنا گئے۔ ان جانبازوں کے لئے آج جہاں ساری قوم اور سارا پاکستان اشکبار ہے وہاں ان پر لاکھوں سلام بھی بھیج رہا ہے وہ. پاکستان اور اُس کی آئندہ نسلوں کے دِلوں میں زندہ ہیں اور زندہ رہیں گے۔

اَے شہیدانِ وطن تم پر سلام
تم نے روشن کر دیا مِلت کا نام

اور ہمارے شیر دل اس وقت ہماری سرحدوں اور ہمارے پورے ملک و قوم کی محافظت کر رہے ہیں، ان کی شجاعت و دلیری کے کارنامے آج بچے بچے کی زبان پر ہیں. محافظو ! ڈٹے رہو، پاکستان کی دس کروڑ فوج ہاتھ میں ذوالفقارِ علیؓ اور سینوں میں عزمِ حسینؑ لئے دشمن کے مقابلے کے لئے سینہ تانے تمہارے پیچھے کھڑی ہے! کیونکہ کشمیر کا مسئلہ آج بھی دِرازدل ہے!

آج توپوں کی دھائیں دھائیں سُنائی نہیں دیتی نہ آسمان پر گولوں کی روشنی سے آگ لگی ہے۔ امن کی رات ہے مگر مجھے شامِ غریباں معلوم ہو رہی ہے. کون جانے جنگ کے شعلے کب دوبارہ بھڑک اُٹھیں اور ستمبر کے آسمان کے تاروں کی یہ محفل توپوں کی آگ سے کب درہم برہم ہو جائے۔

★

منتخب یادگار افسانوں کا مجموعہ

ظالم محبت

مصنفہ : حجاب امتیاز علی

بین الاقوامی ایڈیشن منظر عام پر آچکا ہے